多様性を楽しむ生き方

「昭和」に学ぶ明日を生きるヒント

ヤマザキマリ
Yamazaki Mari

小学館新書

はじめに

「マリは、なんでそんな昔のことを鮮明に覚えているの?」

子どもだった頃の友だちに会うたびに言われるセリフである。

17歳でイタリアへ行ってしまってから今に至るまでがほぼ海外暮らしなので、それまでの出来事は「私が日本にいる時に起こったこと」というひとまとめのデータとして頭の中に保存されている。同級生たちのように、その後の日本での目まぐるしい移り変わりが上書きされていない状態なので、意図せずしてあの時代の思い出がより濃厚になってしまったのだ。浦島太郎が何十年かのちに、故郷の浜に戻ってきた時の感覚に近いかもしれない。

または、「どうしてヤマザキさん、そんなに昭和に固執しているんですか、昭和ってそんなにいい時代でしたっけ」などと言われることもあるが、なにせ昭和が私の一番知っている日本だから仕方がない。昭和は昭和でいろいろあったし、今思えばまだまだ人間が自分たちの生き方について、激しく模索を繰り返している時代でもあった。故に過酷で不条理な事象もたくさんあった。私は決して昭和に固執しているわけでもなければ、礼賛しているわけでもない。ただ、日本という国における歴史上のひとつの現象として、興味深い時代ではあったと思っている。

やはり、あの時代に生まれ、戦後の一連の復興期間を経験してきた家族に育てられたという影響は大きい。あの頃は経済的にも高度成長期だったが、日本人の意識にも2度目の文明開化というくらい、地球上の情報をかたっぱしから吸収していこうとする貪欲さがあった。知らない情報があれば避けるのではなく、多少面倒であってもそれを知ろうとするエネルギーと意欲が旺盛だった。個人も企業も、冒険することに積極的なチャレンジャーだった。予定も立てずに見知らぬ土地へ出かけていくバックパッカーがたくさんいたこともそうだし、メディアでも求められるのは「あるある」感のような同調意識より、経験をしたことのないこと、やったことがないことに挑戦すること、見たこともないものを積極的に見に行くことがどんな分野においても肯定視されていた時代だったと思う。

夫のベッピーノの研究に伴ってポルトガルのリスボンに暮らしていた頃、慎《つつ》ましくもどこか勤勉さが漂う街全体の雰囲気がとても気に入っていた。壁の漆喰《しっくい》やタイルが剝《は》げてもどこか品のある下町風情の漂う商店街を散歩したり、裸電球ひとつだけがぶら下がった八百屋さんで買い物したりしているうちに、懐かしい昭和の記憶がとめどもなく溢《あふ》れ出てくるようになった。

昭和という時代を描きたい気持ちが芽生えて、昭和50年代を舞台にした自叙伝的な『ルミとマヤとその周辺』を、そして、浴槽がなくIKEAで買ったベビーバスに湯を注いで浸かるほど入浴に飢えていた私の頭に、古代ローマ人が昭和の銭湯にあらわれるというシーンがある日、家でアイロンがけをしている最中に唐突に浮かんで、『テルマエ・ロマエ』という作品を描き始めた。他の地域にいた時と比べて、穏やかに暮らしつつも仕事の生産性が高まったのもこの地であった。リスボンで暮らさなかったら、これほど昭和という時代を丁寧にあれこれ思い出すこともなかったはずだ。

日本の昭和30年代から40年代半ばまでは高度経済成長期の只中ではあったが、花森安治《はなもりやすじ》のように戦中戦後を経てお金で全てを解決することに猜疑心《さいぎしん》を抱いていた人たちもいたし、ラテンの国々のように堂々と隣近所におせっかいを焼き、バカげたことに熱中する大人もいた。それでも、漠然とではあるが誰の中にも植木等《うえきひとし》の「そのうちなんとかなるだろう」ではないが、「生きていれば、きっといつかいいことがあるはずだ」という楽観が意識下に潜んでいたように思う。

もちろんここに綴《つづ》ることは、一般的な視点を考慮したものというよりは、少し特異な境遇にあった子ども時代の私の目で見た、あくまで私見での昭和という光景だ。それでも、現代社会との差異を具体的に認識するためのいいきっかけにはなりそうなので、古代ローマやルネサンス時代という過去から得る教訓を漫画で表現するのと同じ要領で、今後の自分の人生のためにも、そして前向きに生きていきたいと感じている人のためにも、ここに思ったことを綴っていくことにする。

２０２０年11月　ヤマザキマリ

多様性を楽しむ生き方

目次

企画・編集協力／伊藤菜朋子
編集協力／竹中はる美

1

おやつに問われる想像力

――ジャンクな菓子に胸が躍った時代――

タイで進化系スナックにはまる

昨年、取材に赴《おもむ》いたタイで、街角の商店で売っているスナック菓子があまりにも奇想天外だったので、あれこれ買い占めては移動の車中でずっとスタッフと貪《むさぼ》っていたら、現地のコーディネーターの人に「そんなものばかり食べて体に悪いですよ」と呆《あき》れられてしまった。「そういうのって、何が入っているかわからないですから」という言葉に、ふと子どもの頃から、母親からも同じことを言われ続けてきたことを思い出した。

なにせタイのスナックはフレーバーの種類が凄《すさ》まじかった。その発想に脱帽したものといえばトムヤムクン味の「プリッツ」まではわかるが、寿司《すし》味やメロンパン味のポテトチップスとなると、「味覚チャレンジャー」の私としては食べないわけにはいかない。寿司味もメロンパン味も美味《おい》しいとはさっぱり思わなかったが、味覚に対する大胆な想像力と製品化を許したその会社の上司に対しては好感を抱いた。子どもの頃からスナック菓子に目がない私にとって、タイはその方面の文化においても、好奇心と食欲に大いに刺激を与えてくれる国だった。

反面教師で無類のお菓子好きに

市販のスナック菓子をはじめ、どんな成分が入っているかわからない食品を、子どもに食べさせまいとしている親は今も昔も多い。高度経済成長期の流れで売れさえすれば何が材料でもいい、というような世の風潮に懐疑的だったうちの母もそのタイプであった。彼女は、買い物に一緒に行ってもスナック菓子だけは「こんなものは体に悪い」と言って買ってくれない。母の頑《かたく》なにスナックを敵視する姿勢が反面教師となり、私が母の目を盗んでこっそりスナック菓子を買い食いするようになってしまったのも、当然というべき成り行きだった。

昭和50年代から60年代は、国産スナックが次々に発売されたジャンク菓子黄金期である。中高生の頃、友だちの家で遊ぶ際には、できたばかりのコンビニや食料品店で新商品や好きなスナック菓子を買い求めたものだ。部屋のテーブルや床にお菓子を並べ、チップス系の袋菓子は真ん中から袋を裂いて食べやすい状態にし、みんなでお喋《しゃべ》りしながら指でつまんで口に運び、のり塩やコンソメ味のポテトチップスなどのスナック菓子を頬張《ほおば》り、発売されたばかりのペットボトル入りの炭酸飲料で流し込む。行儀の悪さも極まっていたが、ああした集いの形式は私世代の、お育ちの良い人以外は皆、たいがいやっていたのではないだろうか。あのがさつさもまた、スナック菓子の美味しさのひとつだったと言える。

その頃世に出て、今もロングセラーになっている商品はいくつもある。今でも日本に戻ると近所のスーパーマーケットのスナック菓子が並ぶ棚の前にしばらく佇《たたず》んで、昔から馴《な》染《じ》みのあるものや最近発売されたものから、本日の〝原稿のお供〟として選ばれるのは、やはり子どもの頃から食べていたようなものばかりである。先日私の隣にいたやはり中年の女性が、「ベビースターラーメン」をおもむろに籠に入れているのを目撃して、ホッとした。私以外にも、体に良い悪いという次元とは別解釈で、購入欲をそそられる大人はいるのだ。

ちなみに、私が子どもの頃から病みつきだったのが、海外の移住先にも母親に頼んで送ってもらっていた「カール」という、明治製菓の、甲虫の芋虫みたいなスナックだ。数年前に販売が西日本限定となり、東京ではなかなか手軽に買えなくなってしまったことが残念を通り越して無念でならず、カールに捧げるエッセイまで書いたほどである。

日本の大衆チョコレートの魅力

チョコレートは私にとって、原稿執筆の際に最も切らしてはいけないガソリンである。正直、日本製造のチョコレートであれば選り好みはない。フランスやベルギーの高級チョコレートも素晴らしいが、あれは1粒食べるたびに「ああ、千円が一瞬にして舌の上で溶けてしまった」などとケチくさい思惑に囚《とら》われるので、普段食べるのであれば、その辺でも買えるポピュラーなものがいい。特に気に入っているのは明治のストロベリーチョコレートである。そういえば、竹内《たけうち》まりやさんも、あのチョコレートを昔から気に入っているそうで、先日、お互い密かに大人買いをしているという話になって盛り上がった。明治のチョコレートの歌をまりやさんが歌ったらしっくりきそうだなあ、などという妄想まで膨らんだ。

スナック菓子と同じく、スーパーへ行くとやはりチョコレートを含む子ども用のお菓子が並ぶ棚の前に立ち、さぞかし孫から頼まれてしまったような雰囲気を装いながら、懐かしいチョコボールや、アポロ11号にあやかって製造されたというアポロチョコレートを籠に入れ、家に戻ってからひとりで食べる。チョコボールは今までの人生で何箱食べたか知れないが、いまだに銀だの金だののエンゼルに当たったことはない。よほどエンゼル運に見放されているのだろう。

海外にいる時もスーパーで売っているような大衆チョコレートはあれこれ試すのだが、どうも香料が私の嗜好《しこう》には強すぎるのか積極的に食べたくなることは少ない。日本の大衆チョコレートは、食感も香りも強烈すぎず、いくらでも摂取できる。おそらく世界でも突出して味覚の肥えた日本人のために、日々これ改良を重ねられて出来上がったものなのだろう。ついでに、私はラムネ菓子にも目がない。最近はブドウ糖補給をうたった大人用のラムネも売られているが、私はやはりあの深緑色のプラスチックのラムネ瓶に入ったのが好きだから、これもネットで大人買いをする。

お菓子の流行を見つめ続けて半世紀

子どもの頃も50歳を過ぎた今も、日本のお菓子の流行の動向が気になって、先述したようにスーパーの棚の前でしばしば観察をすることがある。北海道で過ごした幼少期は、近所にあった老夫婦の経営している商店へ新製品のお菓子のチェックに行っていた。見たことがないものがあるとすぐに食べてみたくなるので、コンサートで不在をする母が置いていってくれる夕飯代を充てて購入していた。

私にとってはお腹を満たすためだけの夕食のおかずよりも、製菓会社が様々な知恵を絞った新商品を見つけて、味見をするほうが大事だった。当時は、日本の女の子たちを虜にしていたサンリオのキャラクターをあしらった容器やおまけのついたチョコレートやキャラメルなど、お菓子の質よりもいかに子どもの物欲を刺激するかが重視されている商品が、店頭でも目立つようになっていった。要するに私の母が最も嫌悪するタイプの商品だ。母は「おまけ」がついているお菓子を「邪道」と称して嫌っていたが、私も「おまけ」には特別興味はなく、どちらかといえば、味覚や形状に斬新なアイデアが駆使されたものに興味を刺激された。

例えば、丸く平たい面に漫画やアニメがプリントされたチョコレートがよく売れていたが、ああいうのを手に取ると、なぜチョコレートを「食べる」ではなく「舐《な》める」仕様にしたのか、その発案者の開発の動機を臆測するのが楽しかった。この人はきっと、チョコレートを長持ちさせたかったんじゃないか、なんてことを推察するのが面白かった。

月面探索機「アポロ」を模倣したチョコレートはロングセラーとして今でも手に入るが、あれも要は社会に大きな話題を及ぼした出来事が反映された商品だ。私はとにかく、あの1970年代の高度経済成長期にお菓子の開発に携わる、メーカーの想像力に心躍らされていたのである。

昭和の駄菓子バンザイ！

私が子どもの頃は、スナック菓子のほかに駄菓子も幅を利かせていた。高度経済成長期の町の商店街には、そこだけ時が止まっているような佇まいの駄菓子屋さんがどの地域にもあったものだ。行ったことはないが、今は「駄菓子バー」というのがあるらしい。昭和へタイムスリップしたような店内に駄菓子が100種類近く置いてあって、チャージ500円で2時間食べ放題なのだという。近所の商店街でおばあさんが店番をしているような駄菓子屋さんはすっかり見かけなくなったけれど、子どもの頃を懐かしく思い出しながら大人が楽しめるお店に姿を変えているという。でも私は、昔ながらの駄菓子屋さんのイメージを更新したくないので、その駄菓子バーとやらに赴くことはないだろう。

昭和の駄菓子屋さんには、10円で買える商品が小さな店内に所狭しと並んでいて、お小遣いを握りしめ、今日は何を買おう、どのくじを引こう、などという思いを巡らせながら、お店に駆け込んだものだった。

小さな箱に入ったオレンジやグレープ味の丸いガムを口いっぱいに頬張《ほおば》って風船を膨らませたり、小さな木の匙《さじ》でちまちま食べる乾燥ヨーグルトみたいなもの、串に刺さったイカ、くじ式になっている紐つきの飴など、駄菓子屋に置かれている商品はどれもメジャーな製菓会社が手がけるようなダイナミックさはなくても、それなりに日本人の想像力のあり方を感じさせてくれるようなものばかりだった。

そういった駄菓子屋さんのお菓子から、清涼飲料水に至るまで、当時の日本では平気で合成着色料を使っていた。先ほども触れたように、あの当時の日本はまだ、売れさえすればそれでいいという風潮が強かったのだ。毒々しい色の飲み物はそれでも発売数年で消えてしまったが、イチゴ味とは名ばかりの真っ赤な炭酸水が実は好物で、妹とふたりそれを飲んでは真っ赤になったベロを出し合って、その毒々しい色を見てはゲラゲラと大笑いしたものだった。ああいったものは味覚のために買うのではない。母が怒り出すような突拍子もないものが平気で売られているむちゃくちゃな世の中そのものが楽しくて仕方がなかった。

学校から帰って宿題を終えたら、友だちと遊び、小腹がすいたら駄菓子屋さんへ寄る。公園のブランコかベンチに腰を掛けて、お喋りしながら夕暮れまで駄菓子をつまむ。

駄菓子というのは真っ当な菓子と比べると、どこか社会からはみ出てしまった感があって、そこがまた子どもたちを安心させる要素となっていたのかもしれない。

銭湯のフルーツ牛乳は人情の味

「これ飲んでいきなさい」

子どもの頃、妹とふたりで近所の銭湯「滝之湯《たきのゆ》」へ行くと、必ず帰る間際に番台に座っていたおばあさんがサービスで瓶のフルーツ牛乳をご馳走《ちそう》してくれた。母が忙しく、幼い子どもふたりだけで銭湯にやってくる私たちに、情けをかけてくれたのだろう。私たちもおばあさんにフルーツ牛乳や乳酸飲料を奢《おご》ってもらうのがあたりまえになっていて、おばあさんが目の前のテレビで繰り広げられている相撲に熱中していたりすると、「もらっていいですか」と自主的に冷蔵庫の扉を開けたものだった。

お風呂上がりの唇に触れる瓶の口はひんやりと冷えていて、極上の爽快感をもたらしてくれた。フルーツ牛乳については美味しさよりも、私たちを常に慮《おもんぱか》ってくれる滝之湯のおばあさんの優しさ、人情の味がプラスされた美味しさと形容すべきかもしれない。そんな思い出のフルーツ牛乳は、のちに私が描くことになる『テルマエ・ロマエ』や『ルミとマヤとその周辺』の中にもしっかり登場させている。それくらいあの飲み物は子ども時代の私にとって印象が深かった。

銭湯で親しまれた明治の瓶入りのフルーツ牛乳が、平成31（2019）年4月1日をもって販売を終了した。その後はペットボトル飲料に変わり、関東や中部、関西の自動販売機や宅配で販売されているという。確かにペットボトルのほうが便利だからなのだろうが、フルーツ牛乳の美味しさは冷えた瓶に入っていたからこそ、という思いもある。「コカ・コーラ」も瓶入りには瓶入りならではの美味しさがある。フルーツ牛乳もさることながら、なくなった後になって、喉から手が出るくらい恋しくなる食品は少なくない。

寛容な時代の「食べる幸せ」

滝之湯とフルーツ牛乳は、いつまでも心の中にしまっておきたい思い出であるが、今の時代、もしも子どもが銭湯の番台に座るおばあさんや『テルマエ・ロマエ』のように見ず知らずの他人から、いきなりフルーツ牛乳を奢られたことを知ったとしたら、母親はどういうリアクションをとるだろうか。おそらく、知らない人からはどんなものであろうともらっちゃダメ、ましてやそんな糖分たっぷりの毒々しい飲み物なんて！　と頭ごなしに叱りつけるだろう。

昭和というのは、親がやたらガミガミと「あれダメ」「これダメ」「体に悪い」と、食品の躾《しつけ》にうるさくなる前の時代だ。お菓子や飲料に人工的な香料などの添加物がたくさん使われていたのは事実だが、我々がそういった食品の情報を知る術《すべ》もなかったことを思えば仕方がない。けれど、私はそういった邪道な食品を我々が受け入れていた時代も、ちょっと、いや、かなり懐かしい。

いつが消費期限なのかもわからない謎の駄菓子も、舌が赤くなる清涼飲料水も、言ってみれば中世の怪しい錬金術みたいな面白さがあった。あの当時の子どもにとって、食べ物が美味しいかどうかという観点は、そういった不気味さや怪しさも含まれていた。私の場合は母がうるさかったので、そういったお菓子や飲み物が体に与える悪い影響を知らなかったわけではない。ただ、ああいった胡散臭《うさんくさ》さへのときめきには逆らえないのである。

創作のお供に「やめられない止まらない」

日本からイタリアへ帰国する時、大抵私のスーツケースにはたくさんのスナック菓子が詰め込まれる。家に着いて開けたスーツケースの中から気圧でパンパンになったスナックの袋がどっさり出てくるのを見て、夫は「ありえない」とどん引きするし、それこそ中年にもなってこんなのばっかり食べるなんて、君は自分の体がどうなってもいいのかと本気で怒る。そういう時はあくまでエアパッキン代わりにしているのだとかわすが、イタリアで生活している時の日本のスナック菓子は、私の活力を担う大事なガソリンでもある。

イタリアにもスナック菓子はあるが、ポテトチップス、チーズスナック、ナチョス、ポップコーンくらいで、味の種類も乏しく、あまりワクワクしない。アメリカも、スーパーマーケットには巨大な袋に入った様々なスナックが並んでいるように見えて、実は種類はそう多くない。味つけも大雑把なものが多い。そう考えるとメロンパン味のスナックなどが存在するタイに関しては、見くびられがちなスナックへの意識が他国よりも高いことに感心するのだ。

スナック菓子は腹の足しにもならなければ、脂質が多くカロリーも高い。食べ過ぎるとまず消化器が「ええっ、またスナック⁉　勘弁願います」という具合に強く主張するようになってきた。それもあって、ここ最近はスナックはめったに食べなくなってしまったが、それでもときどきスーパーマーケットの商品棚に見たこともない新製品が並んでいると、つい無意識に手が伸びてしまう。味見をしてみたいという動機よりも「新しい味覚の商品開発、まだこんなに頑張ってるんだな、うれしいな」という思いが、私の購買欲の本質なのである。

「スナックなんて邪道な」と括《くく》ることはいとも簡単だが、この世の中において、これほどまでに多様な味覚の想像力を鍛えてくれるエネルギッシュな商品はそうはない。

2

昭和的「自分の演出」

―手作りで着たいものを作った昭和―

山下達郎を聴きながらイタリアへ

昭和59（1984）年の夏。

17歳だった私が、穴の開いたボロボロのオーバーサイズのTシャツに膝丈のスカートとスパッツ、足にはごっつい革のブーツというロンドン・パンクを意識した奇抜な出で立ちで飛行機から降り立ったのはロンドンではなく、なぜかイタリアの首都ローマのフィウミチーノ空港だった。頭は丸坊主にしていたのが少し伸びただけのベリーショートで、ポケットにはお茶の水の名曲喫茶「ウイーン」でウェイトレスのアルバイトをして貯めたお金で買ったウォークマン。しかしそれで聴いていたのはセックス・ピストルズではなく、日本で新譜として出たばかりの山下達郎《やましたたつろう》さんの「The Theme From Big Wave（ビッグ・ウェイブのテーマ）」だった。

尖《とが》っていた10代半ば、私は思想もファッションも音楽もロンドン・パンクに傾倒していた。憧れていた地は、パンクの聖地、ロンドンのカムデンパレス。ロンドンの語学学校の資料も取り寄せ、イギリス暮らしを妄想する日々だったのに、なぜ私はイギリスではなくイタリアへ行ったのか。理由は14歳の時、母に行かされたヨーロッパひとり旅の最中に出会い、帰国後に母が手紙を出して以来親交が深まったイタリア人のマルコじいさん（後に私の夫となるベッピーノの祖父）に「目的なくロンドンに行っても野垂れ死にするだけだ。美術を学ばせたいのなら娘をイタリアへよこしなさい！」と忠告された母が「もう行くしかないわよ！　行けばなんとかなるわよ」と私の背中を押したからだ。いや、ほぼ突き飛ばしたからだ。

絵を学べるのはうれしかったが、イタリア行きは本意ではなかった。当時のイタリアに関する知識といったら、男性は皆女性の前で跪《ひざまず》いて手を広げながら歌を歌っているという印象と、縞シャツを着たネズミのトッポ・ジージョしかない。確かに美術も学びたいけれど、それ以上にどうせ海外に暮らすのであれば、自分と音楽の趣味が似ているなど、気の合いそうな人たちがいるような場所に行きたかった。

しかし、私はロンドンではなくローマにいた。釈然としない思いや漠然とした不安を抱え、ローマのテルミニ駅で心細さを振り切ろうとウォークマンで聴いていたのは、子どもの頃にとあるきっかけで初めて聴いたバンド「シュガー・ベイブ」の時代から好きだった山下達郎さんの歌声だったわけだ。つまり、時とともに新しい文化のレイヤーが上からどんどん重ねられていっても、自分を司っている趣向の本質は変わらず、普遍的に残り続けるということなのだろう。

ランドセル嫌いの小学生だった

ファッションが好き、という意識はなくても、子どもの頃から着るものや持つものにはこだわりがあった。まず、私も母もジャージという伸縮性のある運動着が大嫌いだった。学校の集合写真では、みんながジャージ姿でいる中で（昭和の公立小学校の多くはそうだった）、私だけ襟にバラの刺繍《ししゅう》が入ったブラウスにベストを着てベルボトムジーンズという出で立ちの集合写真がある。まるで周りに馴染《なじ》んでいない。私のこだわり以前に、母親が周りと同じ装いや流行りを嫌う人だった。デパートで売っているような既製服には一切興味がなく、経済的に余裕がない中でも、昔からの習慣で自分の着たい服はオーダーメイドをするような人だった。母の若い頃は戦争が終わって日本が経済成長を加速していた最中である。

今のように素材もデザインも優れた既製服の選択肢が多くなく、町にはブラザーやジャノメなどのミシン屋さんや洋服の仕立屋さんが数軒あって、戦時中のもんぺから解放されたお洒落《しゃれ》な女性たちは、着たい服を型紙から起こして仕立ててもらったりしていた。型紙とミシンを使って、自分で洋服を仕立てる女性もいた。母と祖母には日本橋に贔屓《ひいき》にしていた仕立屋さんがいて、そこでいつも着たい服を注文していたという。

母は、ピンク、赤、ヒラヒラのフリルの服を私たち娘に着せることは一切なかった。写真を見ても子どもの頃に私や妹が着ているのは、紺、グレー、えんじ色といった地味なものばかり。時間が足りないくせに、習っていたヴァイオリンやピアノの発表会用に私が着る服をわざわざ作ることもあった。ヴィオラ奏者の母が演奏旅行で訪れたオーストリアで買ってきたチロリアンテープをあしらった濃紺のベルベットのワンピースは、ミュージカル映画『サウンド・オブ・ミュージック』で修道女マリアがトラップ家の子どものためにカーテンで作ったようなデザインで、私もとても気に入っていた。売っていない服を自分で作る。そんなファッションの心得は母から学んだ。

私はランドセルも嫌いだった。何より重たいし、道端に落ちているものを拾ったり虫を捕まえたりする癖があったので、屈《かが》むたびに蓋がバサッと開いて中から教科書や筆箱が前方に飛び出し、地面に散らばる。そういうことがたびたび起きていたから面倒だった。

そんな私を見ていた母から「別にランドセルで行かなくてもいいじゃないの」と提案されて、私は当時流行っていた平たいスヌーピーの布バッグひとつで学校に通うようになった。昔のアメリカ映画に出てくる女子学生が持っているような、重ねた本をバンドで十字に留める、ブックバンドを使っていた時期もある。ベルボトムジーンズにチューリップ帽子は定番で、私はさながらミニ・ヒッピーという出で立ちだったが、それが自分でも心地よかった。

フィフティーズに夢中だった中学時代

中学生の時、世の中では漫画や実写版の『ハイティーン・ブギ』が流行っていたが、私はそれとは違う方向で1950年代の文化に興味があった。フィフティーズは世間全般に流行していたから、あの頃のミスタードーナツのポイントの景品は原田《はらだ》治《おさむ》氏の「OSAMUGOODS《オサムグッズ》」のキャラクターだったし、雑誌などの挿絵もフィフティーズの影響を受けたものが多かった。街の雑貨屋さんにもジェームズ・ディーンやオードリー・ヘプバーンのポスターが普通に貼られていたのを覚えている。同級生の中にもジェームズ・ディーンのポスターを部屋に貼っている子がいたが、映画はひとつも見たことがないと言っていた。

１９５０年代にまさにリアルタイムで青春を謳歌《おうか》していた母だったが、映画好きの彼女がその時代に見た作品は邦画、洋画合わせて数知れず。母にとってジェームズ・ディーンといえばエリア・カザン監督の『エデンの東』であり、私はそんな母の影響を強く受けて古い映画が大好きになっていった。家でも古い映画のサントラばかり聴いていたし、学校では誰にも受けなかったが『雨に唄えば』のジーン・ケリーのモノマネをして、電柱のような柱があればそこに飛びついて片手を上げ、大声で「アイム・シーギン・イン・ザ・レイーン」などと歌ったりしていた。今でも暗記した歌詞が頭に入っている。

あの当時よく聴いていたラジオ番組にＮＨＫ－ＦＭの「サウンドストリート」というものがあった。山下達郎さんの回が目当てだったが、渋谷陽一《しぶやよういち》さんや佐野元春《さのもとはる》さんの担当される曜日の回もよく聴いていた。そこで私は佐野さんが大きな影響を受けたというバディ・

ホリーを人生で初めて聴いて衝撃を受け、以来頭が1950年代にトリップした状態がしばらく続いた。自分の部屋の窓ガラスに「I Love California Great !」という文字とヤシの木を油性ペンで描いて、母にこっぴどく叱られたこともあった。あの頃は、大正から昭和にかけて10年以上もアメリカで過ごした祖父の得志郎《とくしろう》との同居も重なり、やたらと古き良き時代のアメリカ文化にときめいていた。景気の良さに浮かれているようでありながら、映画からも音楽からも、そしてファッションからも半端ではないクオリティの高さを感じられる時代。それが私にとってのフィフティーズだった。

運命のヨーロッパひとり旅はハマトラで

中学2年、進路についての三者面談の時に、自分は気がつけば教科書の余白にも黒板にも絵ばっかり描いていたので、絵描きになりたいという趣旨を告げると、担当の先生は「絵描きでは食べていけんな」と苦笑いを浮かべた。母も「そうですよねえ、まったく」と笑いながら受け止めつつ、「私も子どもの頃からそう言っているんですけど、この子は多分飢え死にしてもそっちにいくでしょうね」とかわし、「わたくしも音楽家ですけど、なんとかなりましたから」と続けると、教師は押し黙った。それ以上、私の進路が協議されることはなかったが、やはりちょっと不安だった。母は反発しない。でも、食べていけないという可能性は大であり、切実だった。

「フランスとドイツにいる音楽家の友人に会いに行く予定だったけど、急に仕事で行けなくなったからあんた代わりに行ってきて」という無謀な提案を母からされたのは、それからまもなくのことである。「もうみんなに行くって伝えてしまったし、クリスマスプレゼントも用意してあるのよ」と、その姿勢は私にノーと言わせない気満々だった。その母の異国の友人たちには私も子どもの頃に会ったことがあったし、確かに言葉は通じないけど、まったく知らない人のところへ行けと言われているわけでもないから、まあ仕方がないか、とふたつ返事で承諾をしてしまった。

ただし、1か月間かけて友人たちを訪ねた後は、パリのルーブル美術館に寄ってきてほしいという。母には、この美術館で絵画というものがどういうものなのか、飢え死にしようが金持ちになろうが、絵描きで生きていた人たちがいた軌跡を私に見せる意図があった。それによって、本当に絵の道に進みたいかどうかをひとりで判断させよう、という目論見《もくろみ》があったのだ。

とはいえ、14歳という年齢が1か月のヨーロッパひとり旅には若すぎることは母にもわかっていた。できるだけ大人っぽい様子にしていったほうがいいということで、出来上がった旅のスタイルは当時流行っていた横浜トラッド風、略してハマトラ。髪型は松田聖子《まつだせいこ》さんの〝聖子ちゃんカット〟。革のブーツに白いコーデュロイパンツ、そしてファーのついた赤いダウン。旅立ちの脳内BGMは当時流行っていた大滝詠一《おおたきえいいち》さんの曲で松田聖子さんが歌っていた「風立ちぬ」。あの曲を聴くと今でも空港での緊張感が蘇《よみがえ》ってくる。

でも、見た目をどんなに（当時の日本式に）大人っぽく固めても中身が子どもであることは一目瞭然だった。旅の最中に出会ったマルコじいさんにはいきなり「おまえは10歳くらいか」と問いかけられ、日本では大人っぽいとされる装いが欧州ではまったく通用しないことに気づかされた。そんな出来事も含め、この1か月の旅の間に私は強烈なカルチャーショックを受けて帰国した。世界が何もかも違って見え、ファッションの好みから人生観まで変わり、日本で普通にまかり通っている社会常識に対しても、いちいち疑問を持つようになっていった。

お洒落と夜遊びのミドルティーン

旅の直後からありきたりの服装にことのほか抵抗を感じるようになり、札幌のミッションスクールに通っていた頃は、２つ年上のファッションデザイナーを目指している先輩に声をかけられ、自分たちで服を作ってはそれを着て、年齢をごまかしながら、夜中にこっそりパンクやニューウェーブ系の音楽のかかるマニアックなディスコに通うようになっていった。

先輩はお嬢様で学校では模範生だったけれど、夜はしっかり遊んでいる大人っぽいグループの中心的存在。そのグループのうちのひとりはまだ17歳なのに、当時ちょっと流行っていたロカビリー系のバンドのメンバーとつき合っていたし、あの頃大人気だったファッション雑誌のモデルたちとも交流があり、なんだかわからないがそれまでの自分とは、かけ離れた世界だった。彼女たちは彼女たちで、私のことをだいぶ前から「あの子は変わっている」と目をつけていたという。張られた網にひっかかったわけだが、あの人たちとのボーダーレスなつき合いはそれなりに面白かった。

まあ、ああいうのも要するに不良というのだろうか。でも、いわゆるヤンキーという類《たぐい》の人たちではない。学校では白いリボンを三つ編みにしばり、純白のソックスに屈託のない笑顔で「御機嫌よう」なんて言ってるけど、化粧をすればたちまち大人っぽく変身し、まるで10代には見えない。皆広い家に暮らして、別宅があったりしたので「ママ、今日はマンションのほうに泊まって宿題に集中したいの」なんて口実をつくって夜遊びをする。そんな先輩たちが街へ繰り出す前に我が家に遊びに来たことがあったが、たまたま在宅していた母が彼女たちを見て「え？　高校生⁉　みんなきれいねえ」と、彼女たちのその変貌した様子を好意的に受け止め、褒めたことがあった。「夜遊びはダメよ」どころか、「行ってらっしゃい」と笑顔で送り出してくれたのである。「あなたのママってアヴァンギャルドなのねえ」と彼女たちの間ではもっぱら噂《うわさ》になった。

私たちの行き先は主にロンドン系の音楽が流れるクラブだったが、一度だけ、同じクラスの弁護士の令嬢も誘って一緒に夜の街を歩いていたところ、補導されたことがあった。私たちが保護された警察署まで迎えにきてくれた母は「うちは何かあっても自己責任で、と言い聞かせていて、自由にさせているんですよ」と悪びれる様子もなく、警察官を唖然《あぜん》とさせた。解放された後は母から「未成年は夜外に出てはいけないんだから、出るなら捕まらないようにしなさいよ、いやあねえ」と言われ、つくづく変な親だなあと感じたものだった。一緒だったのが弁護士のお嬢さんだったこともあって、学校でもこの件は水面下での処理が大変だったようだが、母は文句も言わずにそういった面倒なやりとりに対応し、私を責めることなど一度もなかった。

そんな禁断の夜遊びで私は一体どんな格好をしていたのか。当時憧れだったコム・デ・ギャルソンは高校生にはとても手が出ない値段だったけれど、服飾雑誌『装苑《そうえん》』を買うとそれに似た服の型紙が入っていたから、自分で安い布を買ってきて頑張って作ることは可能だった。先輩に編み物を教えてもらい、雑誌に載っているニットを真似《まね》たセーターを編んだこともある。その後フィレンツェでの留学生活を始めた後も、実はミシンを譲ってもらって自分で着たい服を試行錯誤しながら作っていた。小学校、中学校と家庭科は全然ダメだったし授業も大嫌いだったが、自分で好きな時に好みの服を作るのは楽しかった。今まで作った服の中で一番ハードルが高かったのはジャケットだが、よくぞあんな難しい服を作ることができたものだと今更、当時の熱意と技量を不思議に思う。

フィレンツェ時代からのファッション変遷

16歳からはロンドン・パンク思想で武装していた私だったが、17歳でイタリアに渡った後は左翼の詩人と恋仲になってプロレタリアートに心が動き（まあ、ロンドン・パンクからの流れだと考えると違和感はない）、服装の趣味もガラリと変わった。

普段、美術学校に行く時は、インドやネパール製の仏教哲学系シャツやワンピースにシンプルなサンダルが定番で、毎日同じ服装でも平気になっていった。当時アメリカン・ニューシネマの『真夜中のカーボーイ』や、『マラソンマン』のダスティン・ホフマンにはまって、グレーのパーカーばかり着ていた時期もあった。ところが、金欠になって探しあてたバイトというのが、なんとフィレンツェの街中にある高級ブランドのセレクトショップで、そこの変わり者の店長から、身なりは汚いけれどファッションに詳しいところが面白いからという理由で、あのかつての憧れだったコム・デ・ギャルソンやワイズ、それにジャンポール・ゴルチエの服を売るセクションの担当にさせられたのである。店ではそのデザイナーたちの服を着なければならないわけだが、帰る時はまたグレーのどうでもいいパーカーやインドのシャツ姿になるという生活がしばらく続いた。

あの時代から今日に至るまで、洋服の好みはそれほど激しく変化していない。フィレンツェでの生活11年目にして、つき合っていた詩人との間に未婚のまま子どもが生まれ、その2年後に日本に戻ってから札幌で暮らすようになった私は、子育てのために、自分にできそうな仕事をなんでもやった。イタリア語の講師をしたり、地方のローカルテレビのワイド番組でイタリア料理を紹介したりもしたが、そんな私と会う人は「ヤマザキさん、イタリア帰りなのにそれっぽくないですね?」とか、ポンコツのカローラに乗っていると「赤いアルファロメオとかじゃないんですか?」と言われることがたびたびあった。何をもってイタリアンなファッションなのか。ゴールドのでかいアクセサリーをつけるなど、慎《つつ》ましさよりもアクティブなゴージャスさを巷ではミラノマダム風とか形容するようだが、日本でイタリアっぽいと見なされている服装にはいまだになんとなく抵抗感がある。

日本には年代別にファッション誌があるけれど、イタリアなどの国では年齢でファッションを区切ったりしない。10代でも80代でも同じファッション雑誌を見て、「ああこれ、素敵」と感じたら自分の年相応かどうか、社会に受け入れてもらえるかどうかなんて意識せずに、とにかくなんでも着る。そういったファッションに対しての自由な捉え方だけは強く影響されたと思っている。

とはいえ、海外暮らしが長く、言いたいことをはっきり言う人と思われがちな私であるが、実は洋服を買うのが苦手である。店に入ると熱心に勧めてくれる店員さんに対してなかなか「ノー」と言いづらく（多分自分も店員をしていた経験があるからか）、結局自分の意思に反した服を買ってきてしまうことがよくある。だから最近では、服が必要になると誰にも会わずに買える海外の通販サイトを利用するようにしている。漫画の作業中、特にペン入れなど単調な仕事が長く続く時は、たとえ買わなくてもネットに上がってくる既製服を眺めていると、最近の流行や傾向が見えてくるのが楽しい。

自分を演出して彩る

若い頃、奇抜なパンクに身を固めていたのは、それが人にどう見られるかよりも自分の思想の形だったからだ。基本的には周囲に自分がどう映っているのかを意識しすぎたファッションは苦手である。その時々の自分の生き方や物事の考え方はそのまま服装にあらわれる、それが私にとっての装いだ。絵を描くキャンバスみたいなものである。

テレビに出る時の服装はスタイリストさんに丸投げしているのでとても楽だ。以前であれば「自分的にはこれを着たいが、人様は果たしてどう思うのであろう」と思い悩むことに結構な時間を費やしていたが、装いのプロに任せるようにしたのは正解だった。彼女はテレビという媒体と人様に与える印象、そういったものを全て理解したうえで、なおかつ私が着ていて馴染む服、私が身につけていて心地いいデザインを選んできてくれる。さすがである。

テレビといえば、海外に長く暮らしていた目で日本のテレビを見ていて気になるのは、報道番組の女性アナウンサーたちの服装だ。イタリアやフランスなどの欧州やアメリカでは、女性アナウンサーやジャーナリストの服装はひと言で言うなら大人っぽい。国によって差はあるが、イタリアであれば皆さん結構胸元が大胆に開いたものだったり、シックでコンサバな服装に大ぶりのアクセサリーだったり。しかし、日本となると視聴者に失礼のない服装選びが優先になるのか、やはりどこか上流階級のお上品な装いのアナウンサーが多い。夜の番組になると落ち着いたデザインと色彩になるが、朝や昼間の放送では、ありえないところにリボンやフリルのついたなんだかよくわからない服を見かけることがある。あの服装の方向性は果たしてなんのためなのか。ときどき日本にやってくる旦那は、特にファッションに対して意識の高い人ではないけれど、ニュース番組を見るたびに「変な服だなあ」とケチをつけたりする。

考えてみれば洋装という外来文化が日本に入ってきてから、まだそれほど長い時間は経《た》っていない。だから、テレビにあらわれる人に対しての視聴者の目線は、斬新なものを受け入れられる寛容さが備わっていないのかもしれない。世界に名だたる大ブランドをいくつ輩出していても、そういう保守的な側面もまた、日本人の洋服に対する意識のあらわれなのかもしれない。

3

懐かしい風景

―昭和の下町商店街には人情があった―

昭和の面影が残るポルトガル

昨年（2019年）は2年ぶりに、ポルトガルのリスボンにある古い家に帰ることが叶《かな》った。築100年の木造4階建てのアパートメントは、ポルトガルを代表する近代の詩人フェルナンド・ペソアが暮らしていた丘の地域、カンポ・デ・オウリケにある。文化人や教育関係者、そして芸術家が多く住んでいるちょっとした文教地区だが、生活水準がそれほど高くない人たちの暮らすエリアが隣接していて、あらゆる種類の人たちが渾然《こんぜん》一体となっている様子など、私が子ども時代を過ごした昭和40〜50年代の北海道の千歳《ちとせ》市に雰囲気が似ていた。

裸電球ひとつだけがぶら下がった質素な八百屋さんなど昔ながらの店が軒を連ねていて、街の人たちは謙虚でありながらもプライドが高く、人情味に溢《あふ》れている。外を歩いていてもネオンや派手な看板のような経済的な挑発もないし、穏やかな風情の中で、ぼんやりと考え事をしながらいくらでも散策のできる地域だ。ここでの暮らしの中で昭和への思いがつのったことが、『ルミとマヤとその周辺』や『テルマエ・ロマエ』といった昭和を舞台にした（『テルマエ・ロマエ』第1話は昭和50年代が舞台となっている）漫画を描くきっかけにもなったし、7年近くのリスボンでの暮らしはシンプルだったけど、嫌な思いをしたことはほとんどなかった。イタリアではポルトガルを「我々の1960年代のような」と形容する年配の人が多いのも頷《うなず》ける。

しかし、今回リスボンに戻って何より驚いたのが、一帯にあった昔ながらの店々が皆閉店に追いやられていたことである。お向かいの古き良き電気屋さんも、店舗が入った建物も丸ごと中国人富裕層に買収されてしまったという。うちの電気系統を全部やってくれたテーシェイラおじさんは精神疲労ですっかり痩せ細ってしまい、奥さんのほうは「退去命令が出ようと絶対ここからは出ないわよ！」と頑張ってはいるけれど、このままだと来年には中国人資本の高級マンションに姿を変えられてしまう。でもこれはテーシェイラさんに限ったことではなく、この地域全体、いや、リスボンのあちこちが同じ状況に置かれているという。

家の近所にあった古い映画館はそれぞれ100平方メートル程度の広さで1億円を超える価格帯のマンションになっているし、雰囲気が大好きでよく通っていた古き良き佇《たたず》まいの昔ながらのお菓子屋さんは、お洒落《しゃれ》なチェーン店のイタリアンレストランに変貌していた。裸電球ひとつの八百屋さんもなくなってしまい、そこには無農薬の食材専門の小洒落た店が開店していた。

まだ古い建物は健在なので、地域の雰囲気全体ががらりと変わったわけではないが、商店街は明らかに様変わりしてしまった。カンポ・デ・オウリケはリスボンにおいてもトップランクのお洒落文化地域に認定されたそうだが、それも急激な開発の理由になっているのだろう。我が家は内部だけを改装したので、外観の古い佇まいはそのままだけれど、2年前と違うのは上の階に住んでいた足の悪いおじいちゃんと、仲良しだったひとり暮らしの偏屈なお隣さんが亡くなっていたことだ。桜の木を使った本棚を家に作りつけてくれた近所の木工職人さんも亡くなっていた。古き良き環境に溶け込んでいた穏やかな人たちがだんだんと減っていき、リスボンはその街を司《つかさど》る構造や経済事情とともに、刻々と変化している。

とはいえ、車で巡ってみればリスボン市内にも昔のままの地域はもちろんあり、さらに田舎へ行けばお金がなくて建造物を新しくできないのか、昔のままの様子をとどめている場所もたくさんある。ポルトガルは、EUの中ではギリシャとともに経済面で足を引っ張り続けてきた国だが、貧しさと長く向き合ってきた経験ゆえに、お金さえあれば全てが解決してくれるなどと楽観する年配者は少なかった。慎《つつ》ましさの中でなければ得られない豊かさを、私はリスボンの人々と接することで知った。ただ、世代が変わればそんな欲から意識を削《そ》いだような人たちに出会うことも、きっとなくなっていくのだろう。

暮らすなら昭和らしさが残る町

リスボンだけでなく、私は基本的に昔から時間が止まってしまったような土地に惹《ひ》かれる傾向が強い。昭和という時代もそうだけれど、商業主義に駆り立てられた欲望を煽《あお》られない場所は感覚的に落ち着くのだ。

東京であれば下町のほうには古い家屋が残っているところがあるけれど、都心の街並みはどんどん変わる。ふと見回せばあちこちに近代的な高層マンションがそびえ立ち、昔思い描いた未来都市そのものが現実に出来上がりつつある。数年前までは仕事の利便性から、東京に滞在する際には赤坂の外国人用のコンドミニアムを利用していたが、近くに野原や空き地がなくて息が詰まるような気がしたものだ。今は大井町線沿線の、駅前に時代と歩むことを放棄したような建造物が立ち並ぶ場所のそばに暮らしている。都内には珍しい緑豊かな渓谷もあって、自分的には申し分のない仕事場だと言える。

昭和の商店街には人情があった

私が育った昭和の商店街の店には、学校の友だちの家がやたら多かった。うちの母世代に店を始めたか、2代目の経営になるのだろうか。薬屋さんやお風呂屋さんの娘もいたし、食堂やラーメン屋さんの息子もいた。魚屋さん、八百屋さんが並んでいたり、化粧品屋さんや衣類の店などの個人商店が集まるデパートという名の市場のようなものもあった。その並びにあった映画館では仲良しの友だちのお父さんが映写技師をしていたので、いつでもタダで映画を見せてもらっていた。私が気に入っていたのは『トラック野郎』のシリーズだが、おじさんはそんな若干アダルト向けの映画も一発返事で快く見せてくれた。

地域は狭い。だからそこに暮らす人の噂《うわさ》もすぐに広まってしまうわけだが、そんな商店街の人たちは、我々姉妹を見かけるたびに「女の子ふたりでお留守番をしていて偉いね」

と声をかけてくれたりもした。今なら育児放棄ということになるのかもしれないが、あの頃そんな家は他にもあった。赤の他人ではあっても、常にどこかで大人たちが地域の子どもを見守ってくれているような空気があったことは確かだ。

私たち家族がよく通っていた店は、『ルミとマヤとその周辺』にも出てくる喜多《きた》商店という店だ。主にお菓子や食料品を売る店だが、雑誌やヨーヨーなんかも置いていた。ここを切り盛りしていた年配の夫婦は、シングルマザーであるうちの母を気遣ってくれて、何かを買ったついでに菓子パンをおまけにつけてくれたり、お金が厳しい時は翌月払いのツケにすることもできた。

銭湯の通り道にあったので、お風呂の帰りには必ず立ち寄って、サイダーのような無着色の炭酸飲料か、アイスクリームを買って家に帰ったものだった。店のレジの奥が夫婦の住まいになっていて、開けっ放しの襖《ふすま》の向こうには畳敷きの居間とちゃぶ台、つけっ放しのテレビと、それをぼんやり見ているお年寄りの後ろ姿が見えた。

当時の商店街には、看板建築といって、通り沿いの表側に看板やお店の入り口があり、後ろ側に普通の家がついている店舗併用の建物が多かった。今でも都内を歩いているとたまにそういう建造物を見かけて懐かしくなるが、今思えば、そういった生活感が隣り合わせの商売は、社会での人間の生き方のひとつを、子どもにも臨場感をもって伝えてくれていたと言える。

ポルトガルやシリアの商店

私が小学生・中学生の頃は、同級生たちの家庭環境が今よりずっとわかりやすかった。今は個人情報保護だなんだと、おそらく学校でも友だちの家族の様子などは簡単には見えなさそうだ。昔だったら、『ドラえもん』のスネ夫やジャイアンのように、それぞれの育つ環境はあからさまに子どもたちの態度や出で立ちにもあらわれていたし、それが恥ずかしいなんてこともなく、「人間の社会には格差はつきもの」と子どもも納得していたように思う。

ポルトガルや中東のシリアに住んでいた頃は、お店に行くと商売をしている親のそばで手伝う子どもたちの姿を何度も目にしてきた。家族が生きていくための商売を子どもたちが手伝うのはあたりまえのことだが、先進国においては未成年の子どもに自分たちの商売を手伝わせる行為は何がしかのハラスメント、という扱いになってしまう。でも、昔の日本には親の商売を手伝う子どもはいたし、銭湯の娘のみえこちゃんは、ときどき親に代わって番台に座っていたこともあった。同級生の男子が来ても毅然《きぜん》として表情ひとつ変えないみえこちゃんは、子どもながらにプロの風呂屋としての風格を放っていたのを思い出す。

懐古主義が過ぎると……

昭和の雰囲気が残るリスボンの家について、夫のベッピーノと「やっぱり誰も住んでいないのももったいないから、人に貸したほうがいいのか」などと話し合うのだが、いざリスボンに戻ると「やっぱりやめよう、いつでも戻ってこられるように」と思いつきを撤回してしまう。

この家は、細々と漫画を描いていた私の収入と夫の研究費を合わせても、以前に日本で借りていた家の家賃にも満たない月収しかない私たち夫婦のため、12～13年前に夫の両親が購入してくれたものであった。夫の両親が昔、友人に貸したけれど戻ってこず、諦めていたお金が思いがけず返済されて、その予定外収入を充ててくれたのであった。本当にありがたかった。家賃や住宅ローンがないというのは、実際、気持ちに大きなゆとりを生む。

生活費といっても、暖房設備がないから光熱費は激安だし（その分、冬は相当寒いが）、浴槽がないから（このおかげで風呂への渇望が渦を巻き、『テルマエ・ロマエ』を着想した）水道料金も安いし、日本への電話はスカイプ通話だから無料。息子の学校は公立だから学費がまったくかからないし、ポルトガルは人の着ている服に執着しない社会だったから、自然と洋服を買わなくなる。かかるのは食費くらいだが、贅沢《ぜいたく》な嗜好《しこう》はないから、それだって大したことはない。食費と、中古の車でたまにドライブする時のガソリン代を合わせて、月600〜700ユーロ（10万円に満たない）で家族3人が普通に暮らせたのである。

そんな生活のゆるさに加えて、何より街の居心地がよかった。見るもの出会う人、全てが等身大で、実際よりも立派に見せようと無理に背伸びをしているものがない。あそこにいた時はただ散歩をしているだけでも「ああ生まれてきて幸せ」と思えたから、お金の力を借りることはほとんどなく、だからこそ漫画や執筆に集中できたと言える。売れるものを描こう、流行《はや》りそうなものを意識しよう、なんて志はまったくなかった。だから、『ルミとマヤとその周辺』や『テルマエ・ロマエ』のような自由な発想の作品をおおらかに描けたのだと思っている。

漫画もたくさん描いたし、本もいっぱい読んだ。いっぱい歩いたし、いっぱい考える時間もあった。息子の通っていた学校も、他者を慮《おもんぱか》れる人間味に溢れていて本当に素晴らしかった。

けれど、最近仏教哲学に傾倒している息子デルスの前でそういう話をすると「懐かしさに依存するのは良くないよ。過ぎたことへの執着は良くないな」と諭され、つい考えてしまう。懐かしいというのは素晴らしい感覚なのだけど、確かに、今、目の前にある時間から目を逸《そ》らす目的で過去にばかり気持ちを傾けていてはよろしくない。でも、そうとわかっていても、過去の時間と記憶につい浸ってしまうのは、間違いなくそれが明日を生きるヒントにもなっているからなのだろう。

古き良き町の買い占め汚染

リスボンの不動産が中国人の富裕層によって次々に買い占められている話をしたが、イタリアでもだいぶ前から、中国人やロシア人のお金持ちによる不動産や土地の買収が始まっていた。コモ湖などの北イタリアの由緒ある地域の別荘や、ヴェネチア本土やフィレンツェなどの歴史的観光地の商店、そして家屋は、次々にイタリア人の手から離れていっている。

以前、ヴェネチアの古くからある小さなカフェに入ったら、バリスタもウェイターもレジの前にいる人たちもみな中国人でびっくりしたことがあった。別にどこの国の人でもいいのだけれど、彼らは果たして自分たちの暮らしている土地がどういう場所なのかわかっているのか、単にお金になるという利潤への意識しかないのか、そんなことを気にし始めるとなかなか穏やかな気持ちにはなれない。

せめてポルトガルにはお金と距離感のある佇まいを残し続けてほしいとは思うのだが、それも結局は自分勝手な理想の押し付けでしかない。それでも私は、人間の暮らしには経済的価値観とは無関係な、例えば過ぎ去った時代の遺構などがいつも視界のどこかに何気なく紛れ込んでいるべきではないのかと思う。過去には膨大なエネルギーと現在と未来に役立つ情報が潜んでいることを忘れてはならない。

4

家に魅せられて

―昭和は家に気兼ねなく人が集まった―

イタリアの家は広すぎる

「こんな立派な家に住んでいながら、なんだ、このありさまは！」

イタリア人の舅《しゅうと》がパドヴァの我が家にやってくると、イライラし始める。

私たち夫婦が借りている家屋は、ヴェネチア・ルネサンス様式の築500年の大きなお屋敷の2階部分で、かなり広い。我々の居住部分の総面積だけでもおそらく200〜300平方メートルはあり、バスルームは2つあるが、間取りは2LDK。私の部屋だけでもちょっとした運動ができるくらいだが、居間はバドミントンができてしまうくらいの広さだ。広々としているが、イタリアの都市としてはそれほど人気の観光地ではないからなのか、月の家賃はその広さで1300ユーロ（16万円くらい）。

いくらでもイタリアの斬新なインテリアを楽しめるような家でありながら、夫のベッピーノはものを増やしたくないミニマリストだし、私も寝心地のいいベッドと全身をお湯に浸せる湯船さえあればそれで満足なので、お客様を呼んで夕食会やパーティをするような仕様の家にはまったくなっていない。居間には大きなソファーがあるだけで、あとは食卓用の17世紀くらいに作られたテーブルと椅子、そしてベッピーノの先祖が使っていたという食器棚のみで飾り気なし。私はその空間にむしろ満足しているが、訪ねてきた舅にとっては、家が広いというのに家具が少なすぎることと、人様を呼べるおもてなし仕様になっていないことに苛立《いらだ》ちを覚えるらしい。

「こんな家ならムラノガラスのシャンデリアくらい似合いそうなものなのに」と言われたベッピーノは「じゃあお父さんが買ってくれよ」と言い返し、押し黙る舅。

最近は「もっと小さな家に引っ越そうか」という話をする頻度が増えてきた。私はここ数年仕事に合わせて日本に滞在する時間が多くなりつつあり、パドヴァで仕事をする夫にとってもバドミントンのできる居間は広すぎて、空間を持て余し気味になっている。そもそも私も彼も広い家が好みではない。なのに今の家に決めてしまったのは、単純に一度は古いヴェネチア様式のお屋敷に住んでみたかったからにすぎない。

団地暮らしでカレーの匂いがトラウマに

私は幼い頃、北海道千歳《ちとせ》市の中心地にある古い団地で育った。住居棟3棟に、航空自衛隊の官舎1棟で構成された質素な市営住宅である。小さなベランダがついた狭い部屋には、母の仕事道具でもあるピアノと立派なオーディオが置かれ、厳かな額に入ったルネサンス時代や近代の名画のレプリカが壁の中心に飾られていた。私と妹が「怖い外人のおばさん」と呼んでいたレオナルド・ダ・ヴィンチの『モナ・リザ』のほかにも、ラファエロの『小椅子の聖母』やルノワールの『ピアノを弾く二人の少女』のレプリカを、母はその時々の気分に合わせて一定期間ごとに交換するのだ。場違いを極めた雰囲気ではあったが、彼女としては狭くても、自分が幼い頃から慣れ親しんできたような空間で生活したかったのだろう。

私も妹も小さかったので家の狭さは気にならなかったけれど、トラウマになったのは、カレーの匂いだ。団地はたくさんの家庭の集合体なので、しょっちゅう、どこからともなくカレーを煮込む匂いが漂ってくる。夕方5時くらいになると、夕飯の支度をする気配が押し寄せてくるのだが、それが何気に辛《つら》かった。帰宅すると、よその家では夕飯を作って待っているお母さんがいるけれど、私たちにはいない。温かい出来立ての夕食もない。嗅覚を通してあからさまに伝わってくる現実に、強烈なもの寂しさを感じていた。

脱・団地！　母が女の意地で家を建てた！

小学6年の時、母が長期のローンを組んで一軒家を建てた。団地の狭苦しい部屋から3階建ての一軒家に引っ越した、あの日の開放感は今でも忘れられない。母もうれしくてたまらなかったのだろう。家の工事はまだ完全に終わっていなかったが、待ちきれずに引っ越しを決めてしまったのである。だから家の中にはまだ建材が積まれていたし、しばらくの間は大工さんの出入りもあったが、あたりに木の匂いが漂う中、新しい家に入ったというれしさが日々込み上げてきた。

家が広くなり、それまでと何が一番違ったかというと、団地にいた時ほど寂しいと感じなくなったことである。団地のように、よその家の夕飯のおかずの匂いとか、漏れ聞こえてくるテレビの音や笑い声など、家族団欒《だんらん》の気配が伝わってこなかったからかもしれない。周辺の人間の気配が強ければ強いほど孤独な気持ちになるというのも不思議だが、その気配が遮断されたことで「うちだけ母親がいない」という他の家庭との比較から、解放されたためだろう。

母の頑張りが溢《あふ》れ出た家

母は、仲良くしていた喜多《きた》商店に紹介してもらった地元の零細建築会社の大工さんに頼み、海外公演の際に現地で見て気に入ったオーストリアのチロル地方の民家をイメージした家を設計した。

母の嗜好《しこう》と気合が随所にあらわれていて、玄関を入ると天井まで抜けている巨大な吹き抜けは、設計に携わった彼女の自信作だった。こだわりは、日本家屋のように部屋同士をつなげず、全て壁と扉で仕切ること。そして彼女が「音楽室」と称する大きな部屋の窓には、欧州式の鎧戸《よろいど》がつけられた。浴室だけは純日本式で石のタイルにヒノキの浴槽。しかし、北海道における住居がどうあるべきかをまったく知らない母のこの設計はいろいろと不具合をもたらした。新しい家に越したのはうれしいが、なんでまたこんなに掃除や管理の面倒な大きな家にしなきゃならなかったのだろうというのが、私には疑問だった。

家には家主の性格というか人格が出るものだ。母が設計から全てを手がけて建てた家には、大きな音楽室はあったけれど、家族の集う団欒の場所、要するに居間的空間がなかった。家族が何気なく集まれるとしたら、8畳のダイニングキッチンのみ。日々オーケストラだ、コンサートだと音楽の仕事に奔走する彼女にとっては、ゆっくりくつろぐための居間や料理をするためのキッチンの優先順位は高くなかったようだ。テレビやソファーは音楽室にあるので、母が生徒さんと使っていれば当然中には入れない。

フィレンツェでの暗黒留学時代につき合っていた詩人の元彼がイタリアから遊びに来た時も、「なんだ、この家は！　家族でお喋《しゃべ》りしたり、寝そべったりする場所がないじゃないか！」と文句を言い、小さなスツールを並べた上に、無理やり横になってふて寝をしていた。

母が建てたのは、家族が仲良く暮らす家ではなく、生徒さんに音楽を教え、自由に楽器を奏でられる施設のようなものに近かった。「この家、落ち着かないんだけど」と愚痴をこぼしても「あんたたちはあんたたちで、いずれ自分が住みやすい家を持てばいいじゃない？　ずっとここにいるわけじゃないだろうし。ここは私の家なんだから、こんなのでいいのよ」と、きっぱり言い返されるだけだった。

祖父の代からベッドメイクはホテル式

家も不思議な構造だったけれど、団地時代から我が家の生活習慣は他とはいろんなことが違っていた。寝る時の布団にしても、シーツは敷き布団用と、体の上に掛けるのと2枚。掛け布団や毛布の下に敷くシーツの裾は布団の下に入れる。だから、寝る時は足のほうにラッピングされたかのような不自由さを感じるが、それがあたりまえだと思っていた。大正時代から昭和にかけて10年以上もアメリカで生活していた母方の祖父の代から受け継がれている習慣なのだ。

でも私はタオルケットの感触が好きなので、イタリアにいる時も日本にいる時も、西洋式の足元ラッピング方式は継承していない。ちなみに母は祖父がアメリカから持ち帰った鉄製のベッドで寝ていたが、引っ越しの時になぜかそれがゴミだと勘違いされて収集されてしまい、大慌てで集積場へ駆けつけたことがあった。回収には成功したが、あの時の母の焦りようが尋常ではなかったのを覚えている。しかし、ある時からベッドが新しいものに変わったので、アメリカのベッドはどうしたのかと聞いたら「もうボロボロだから捨てたわよ」とあっさり。一時はあんなに血相を変えてまでベッドを取り戻そうとしていた人が、捨てようと決断するとなんの未練もないらしい。

ファンシーな電話カバー

昭和50年代の一軒家には、玄関の横に応接間のような洋間がある間取りが多かった。ソファーとテーブルのほかに、当時中流家庭の象徴ともいえたアップライトのピアノも応接間のセットのように置いてある。そしてどういうわけか、ソファーにもピアノにも、ヒラヒラのレース仕様の布カバーが掛けられている。家によっては、ドアノブにも西洋のおばさんが寝る時に被《かぶ》っているようなカバーが掛けられていることもあった。ドアノブカバーは正直、握ろうとするとツルツル滑ってなかなかドアを開くことができず、人様の家でありながら「なんでこんな余計なものをつけるのだろうか」とイライラした覚えがある。手垢《あか》やバイキンの防止策なのかもしれないが、そこまでしてドアノブをプロテクトしなければならない意味がわからなかった。

そういえば、あの頃は大抵の家の固定電話にも変なカバーがつけられていた。ご丁寧にダイヤルの部分も丸くヒラヒラしたカバーで覆われていて、ダイヤルを回す時にはそれをめくり上げなければならない。ものを大切に使うためにカバーを掛けるという気持ちは十分わかるが、西洋人はなんでもかんでもカバーをつけたりはしない。

なぜ、日本人はなんにでもカバーを掛けたがるのか。もちろんものを長持ちさせたり汚させないためなのだろうが、それとは別のカバーへのフェティシズムを感じさせられる。

昭和は小さな携帯ティッシュの需要が急速に高まった時代でもあるが、無論それ用の、取り出し口にレースがあしらわれたようなデザインの布製のカバーもたくさん出回った。家のボックスティッシュ用のカバーにも、やはり取り出し口にはレースがついていることが多い。

タクシーの背もたれにも、ときどきいまだに白いレースのカバーが掛けられているのを見かけるが、日本を知るイタリア人同士の会話で「日本ではタクシーや社長が乗るような立派な車の座席にはパンツがはかされている」というネタで盛り上がっていたことがあった。私たちは見慣れてしまって気がついていないが、今時の西洋では確かにレースは下着くらいにしかあしらわれていない。だから、あのレースカバーを見て違和感を覚えるのだろう。

最近であれば、マスクのカバーである。プロテクトするものの上にさらにプロテクトを掛けるなんてご丁寧なことを思いつくのは、世界広しといえども、やはり日本人くらいなのではなかろうか。

昭和な置物「タバコの空き箱細工」「木彫りのクマ」

昭和のインテリア風物詩としてピアノや応接室の家具を覆うレースのカバーのほかにも、人様の家を訪れると高い頻度でテレビの上や玄関の棚の上に、誰が作ったのかもわからない、タバコの空き箱で作った傘やお城みたいな細工品を見かけることがあった。

今ではほとんど見かけなくなったが、よく考えるとあれを作るのには緻密な作業と技法が必要だ。町内会の婦人会みたいなところで制作していたのだろうか。とにかく、作ったはいいけれど、誰かにあげないと意味がないのがそういった家庭内細工である。もらうほうは「うわあ、すごい」という反応を示しつつも、内心ではちょっと困っていたのではないだろうか。

こうした手工芸細工のほかにも、テレビの上が定番の設置場所となっている馴染《なじ》みの置物といえば、やはり北海道土産の定番である木彫りのクマである。店先で見た時の感動が人様の家となると発揮できない置物の代表格と言っていい。ただし、我が家の場合、母は心の底からこの木彫りのクマを愛しており、日本の友人たちにも、そして海外に行く時も、または海外の友人に贈るクリスマスプレゼントとしても、この工芸品をなんの迷いもなく積極的に購入する人だった。「だって素晴らしい細工じゃない！」と本人も、自分の城の音楽室の一番いい場所に、木彫りのクマや人形を飾っていた。その他、だいぶ昔に京都土産でもらった木彫りの運慶の仁王像も飾ってあったが、彼女曰《いわ》く「飾りたくないけど、手が込んでいるので作った人を思うと蔑《ないがし》ろにできない」とのことだった。

とりあえず、人様からもらった手の込んだ作りのものは、置き場に困って大抵テレビの上か玄関の棚の上が安置所となっていた。テレビというのは、そういうやり場に困ったオブジェを置くためのものでもあった。テレビが薄っぺらになった今では誰もそんな発想には至らないだろうが、それもまた昭和の風物詩のひとつである。

昭和のもったいない精神

そもそも、母も含め日本人には、手間暇かけて作られたものを捨てられない性分がある。それこそ、「もったいない精神」である。

きれいな紙箱や缶の箱、包み紙などはなかなか捨てられない。うちの母などは、中にサテン生地があしらわれているような立派な洋酒の箱まで大事に保管していて「ねえ、これ、何かに使えないかしら、もったいない」などと悩んでいた。結局使い道がわからず、押し入れのその他の空き箱と一緒に保管されてしまうのだが、どうも戦争を体験してきた世代の人にとって、こうしたものの整理はなかなか難しいらしい。

ちなみに私のイタリアの家族は、プレゼントをあげても、箱や包装紙はみんな平気で捨ててしまう。手の込んだラッピングもリボンも、じっくり眺めることもなく、勢いに任せてバリバリビリビリと破る。そしてその紙やリボンはよほど使い回せそうなものでなければ、さっさとゴミ箱に捨てる。彼らはものを溜《た》め込まない。

夫も気に入った東京の家

　昔から、自分の意思で住む場所を決めたことはなかったけれど、日本での長期滞在のたびにホテルに滞在することに抵抗感が出始め、仕事場を兼ねた日本での家を探すようになった。そしてやっと見つけた（というより引き寄せられた）のが、昭和っぽい雰囲気をとどめたエリアにある現在のマンションだ。

　このマンションは本当に不思議な経緯で購入することが叶《かな》ったのだが、未完成の状態での購入だったので正直どんな景色が見えるかもわからなかった。ただ単に駅前の昭和っぽさと、都内とは思えない静かさ、そして歩いてすぐの場所に緑豊かな小さな渓谷がある、というのが決め手だった。

　そして実際に引っ越してみると、ベランダから富士山が望めるという思いがけないおまけがついていた。ときどきイタリアからやってくる夫も「素晴らしい家だ、富士山の見えるリゾートじゃないか」などと絶賛しており、以前のようにイタリアにいる時間が少ないだの、夫婦なんだからイタリアの家にもっといるようにしなさい、などと頻繁に小言を言うことはなくなった。

正直イタリアと日本の1か月おきの往復は本当にしんどかったので、日本で住み心地の良い場所を見つけられたのは、とてもありがたいことである。


母が建てた家もそうだけれど、自分の巣という要素はありつつも、いつでも人が集まってきてワイワイできるような場所、というのが私の家に対する考え方である。日本の昔ながらの家屋は構造的に人を呼ぶ仕様になっていないものが多いが、昭和の頃は細かいことなど気にせず、たとえどんなに狭かろうが散らかっていようが、人はもっと気楽に他者を家に呼んだり、逆にこちらから訪れたりしていたものだった。

実家は音楽教室も兼ねていたし、母のオーケストラの仲間が集まってトリオやカルテットをやる場所だったが、私としてはなんの目的がなくても家族や友人たちが気兼ねなく集まって、お喋りしたり、くつろげるような空間が理想だと思っている。もちろんひとりでいたい時には、居心地のいい極上の砦《とりで》でもあってほしい。

5

「おおらか」がいい

――昭和は道端にエロ本が落ちていた――

キューバでドリフターズを思い出す

フィレンツェで美術学校に通っていた頃、大学の掲示板で、キューバへのボランティア募集の貼り紙を目にした。当時の私は仕送りの5万円とアルバイト代によるギリギリの暮らしで日々の食事にも困るほど貧乏だったが、キューバという文字が目に入った途端、子どもの頃に焚《た》きつけられた南国への熱い思いが蘇《よみがえ》った。

小学校の学芸会で演奏した、キューバの名曲「南京豆売り」でマラカスを担当したことがあったが、その時初めて聴いたラテン音楽の曲調にすっかり心を奪われたのだ。曲の美しさに妄想を逞《たくま》しくし、黄昏《たそがれ》時にキューバの美しい海辺を歩く美形の南京豆売りの青年を思い浮かべ、しばらくの間、その青年の絵を描きまくるほどであった。その時から、いつかキューバへ行ってみたいという思いがつのるようになっていったのだと思う。

それがきっかけとなって小学生からずっとラテン音楽に傾倒し続けていた私は、イタリアで暮らすようになってから、今度は音楽だけではなく南米の文学や歴史や社会に興味を持つようになっていた。だから告知の貼り紙を見た時は、これは行くしかないと思い、なけなしのお金をかき集めてボランティアに参加することにした。

ハバナのホセ・マルティ空港に降り立つと、信じられないような気持ちに陥った。小学生から夢に見た地へやってきたのだ。自分の人生で、初めて行ってみたかった場所に来られたという達成感もあった。張り切って入国し、空港内を進むと聴き慣れた音楽が耳に入ってきた。空港に設置されたいくつかのスピーカーから流れていたのは、なんと子どもの頃に見ていた人気テレビ番組『8時だョ！　全員集合』の加藤茶《かとうちゃ》によるちょっとエッチなコント「ちょっとだけよ」のＢＧＭだったのである。

実はこの曲はキューバの有名作曲家レクオーナによる「タブー」だった。全員集合のような子どもが喜んで見る番組で、パロディとはいえストリップが演じられ、しかもＢＧＭがキューバの音楽界の巨匠であるレクオーナという設定は今では考えられないが、昭和とはそんな時代だったということだ。

禁じられた『8時だョ！　全員集合』

母は夫を早くに亡くしたシングルマザーだったが、ただでさえ女性の社会進出が難しい時代への挑戦意識とプライドの高さが相まって、普段は娘たちをほったらかしているわりには、教育に対しては彼女なりの頑固なこだわりがあった。特に、テレビ番組の視聴や本の取捨選択については厳しかった。

当時、子どもからお年寄りまで幅広い世代に支持される笑いを提供し、一世を風靡《ふうび》していたのが、ザ・ドリフターズである。令和2（2020）年3月に志村《しむら》けんさんが新型コロナウイルスによる肺炎で亡くなり、トリビュートで放映された過去のドリフの番組を見て改めて思ったが、あの人たちが生み出していたのは、普遍的な笑いだ。彼らの前にはクレイジーキャッツという、これまたぶっとんだグループが活躍して日本中を笑いで沸かせていたが、ドリフの笑いはその進化系だ。

体を張ったオーバーアクションでわかりやすいあの手のコメディは、インド人だろうと中国人だろうとイタリア人だろうと、誰が見ても笑ってしまう、万国共通のエンターテインメントである。

志村けんさんが尊敬していたコメディアンのひとりがイギリスのベニー・ヒルだったそうだが、私もイタリア留学時代に毎週楽しみにしていたのが、このベニー・ヒルの番組だった。国境と時空を超えたこうした笑いの力を、私はドリフで培ったと言ってもいいのだが、母にはそれが理解できていなかった。

彼らが生放送の舞台でコントを繰り広げる番組『8時だョ！　全員集合』（昭和44〜60年）は土曜の夜8時から昭和の子どもたちをお茶の間のテレビに釘づけにした。番組は最盛期に視聴率40〜50％を稼ぎ、最高視聴率は50・5％を記録している（昭和48年4月7日放送。ビデオリサーチ調べ。関東地区）。

この大人気番組を見ることを、母は私たち姉妹に禁止していた。カトリック系のミッションスクール出身でお嬢様育ちだった母にとっては、受け入れられないバカバカしい笑いであっただろうし、禿頭《はげあたま》のかつらを被《かぶ》った加藤茶がストリップ嬢に扮《ふん》したシュールなコント「ちょっとだけよ。あんたも好きねえ」はＰＴＡのお母さんたちから槍玉《やりだま》に挙げられたりもしていた。しかし、「見てはいけない」と言われるほど、見たくなるのが子どものいや、人間の心理である。開かずの扉は、開けるためにある。

母が仕事で留守の時は、「全員集合」を見放題だった。母が家にいる時も「イヤねえ、そんな番組、消しなさい」と言われながらも「ちょっとだけ！」となんとか視聴していた土曜の夜は、独特の高揚感があった。親と共有することのできない自分だけの嗜好《しこう》の自覚は、成長の過程で誰しも感じることである。

母方の祖父・得志郎《とくしろう》が長期間、北海道に遊びに来ていた時のことだ。母の不在時に放送されていた『ドリフの大爆笑』を妹と見ていると、後ろで祖父までが大笑いをしている。「こりゃ愉快だなあ」と本当に楽しそうに笑っている祖父の様子にうれしくなった私たちは、必要以上に大声を上げて笑い転げた。

そうやって3人でゲラゲラ大笑いしていたら、突然、母が帰ってきてしまったのである。母は「そんな変な番組見て！」と叱責しかけたが、大正から昭和にかけて、アメリカに銀行員として10年駐在していたハイカラな祖父は「リョウコちゃん、こりゃあ愉快だよ、そら、リョウコちゃんもこっちにいらっしゃい。一緒に見よう」とうれしそうで、母の動揺にはまったく気づかない様子だった。

母がドリフに寛容になったのは、それからだった。明治生まれの頑固で厳しかったはずの祖父をあそこまで笑わすことのできるドリフの才能とパワーに屈服したのである。

「アイドル水泳大会」にドキドキ

子どもの頃、母に視聴を許されていたテレビ番組といえば、ニュースとNHKの連続テレビ小説、『兼高《かねたか》かおる 世界の旅』、アニメ『サザエさん』『世界名作劇場』『トムとジェリー』くらいであった。

とはいえ、忙しい母だったので子どもだけの留守の時はなんでも見放題である。当時は、アイドルが水着姿になってプールで水中競技を競う特別番組「アイドル水泳大会」(昭和40年代からテレビ各局が放送)なんていうのもあった。売れっ子もそうじゃない芸能人も皆水着姿で大磯ロングビーチに大集合し、紅組と白組に分かれ、発泡スチロールの浮き島に何人乗れるか競ったり、25メートルを競泳したり、騎馬戦を水上で行うという、今思えば平和ボケの王道のような企画である。

一番ドキドキしたのは、この水上騎馬戦だ。たまに女性チームのビキニの上が外れて「おっぱいポロリ」というハプニングが発生するのである。ポロリとなる人は大抵、売り出し中のグラビアモデルで、その演出がわざとであることは子ども心にも察しがついたし、芸能界って大変なんだなと、浮かれているようでどこか心ここにあらず的なアイドルに対して労《ねぎら》う気持ちすらあった。

今の時代からしてみると信じられないようなバカバカしい内容の番組だが、バカバカしいものというのはゆとりのある環境でなければ生まれない。私の作品『テルマエ・ロマエ』の時代背景は、まさにローマにおける日本の１９７０年代から１９８０年代みたいなものである。だからこそ、主人公のルシウスはとんでもないアイデアを育むことができた、という設定になっている。

プロ意識が高い昭和のアイドル

アイドルといえば、最近私は改めて松田聖子《まつだせいこ》という人物に興味が湧いて、昔の動画などを繰り返し見たりしている。今の芸能界には興味が湧かないし、芸能人にも関心がないので、誰の名前を言われてもよくわからない。昭和の時代は、そもそもアイドルは単独勝負だった。たったひとりで大勢の人を圧倒する力を容姿・仕草・歌で発揮させなければならないのである。自分の力次第で所属する事務所の景気が左右される。10代半ばで皆そんな責任感を背負って立たされていたのだ。

そういう観点で見た時、松田聖子さんは本当に自分の授かった姿形や声の活《い》かし方を熟知していた人だなと感心してしまうのである。松田聖子というアイドルを俯瞰《ふかん》で操作できる能力と審美眼、そしてマネジメント能力が備わっていなければ、あんなふうにはなれない、と「裸足《はだし》のマーメイド」を歌唱中のウインクを見ながら痛感するのだった。

考えてみると、昭和はアイドルもヒーローもたったひとりで大きなステージに立つスタイルが民衆の気持ちを揺さぶる時代だった。漫画のヒーローも孤児院（児童養護施設）育ちが多い。あの頃のメディアを動かしていた人たちが、戦争経験者だったということも大きく関わっているのかもしれないが、誰にも頼らず自分の力で勝負する姿勢はあの時代に求められていたものなのだろう。

人間は「群れる」生き物だ。だけどそんな本能に甘えることを許されない芸能人たちに、今更だがやはり強いプロフェッショナル性を感じさせられる。逆に今、集団のアイドルがもてはやされる理由は、社会が脆弱《ぜいじゃく》化しているからなのだろうか、と考えさせられる。

売れる漫画も単独ヒーローものより、いろんな個性を持った集団がそれぞれ力を合わせて敵を倒したり目的に向かう、という内容のものが主流になっている。

私は単独アイドル時代の人間なので、社会が団結だ、絆《きずな》だと声を強める中で、40年前の松田聖子さんの動画を見て明日への英気を養っているのである。

昭和は道端にエロ本が落ちていた

水泳大会の騎馬戦で思い出したが、あの頃のテレビ番組では普通にエロティックな内容の番組をやっていたし、道端にはなぜかよく夜露に濡《ぬ》れたエロ本が落ちていた。長いことあの現象は自分の暮らしていた地域限定なのかと思っていたが、どうやらそういうことではなく、日本全国あの時代は濡れそぼったエロ本が路傍に放置されていたようだ。小学生の私は、一緒に学校に通っていた友人のゆうこちゃんとそういったエロ本を見つけては、木の枝の先で恐る恐る付着したページを剝《は》いではそこに描かれている奇妙な漫画や裸の女性のグラビアを息を呑《の》みながら眺めた。

私の目にはエロティシズムはギャグだった。ゆうこちゃんには3人のお兄さんがいて、一番上は大学生だった。だからゆうこちゃんの家にはお兄さんが読んでいるエロ本やエロ漫画があったわけだが、私が初めて男女の性行為を知ったのは、やはりゆうこちゃんのお兄さんの本棚にあった『嗚呼《ああ》!!花の応援団』という漫画からだった。ゆうこちゃんとそのシーンの意味を一生懸命考察しつつも、奇声を発しながらおかしな顔つきで布団の中で縺《もつ》れ合っている男女のシーンに、ふたりで笑い転げるのだった。ひとしきり笑った後は、何事もなかったかのようにお兄さんの本棚に漫画を戻す。大人になるとどうも今とは違う奇妙なニーズが発生するらしい、ということだけは、私にもゆうこちゃんにもしっかり認識できていた。

こうした性のあり方だけでなく、世の中は不思議な事象で溢《あふ》れているということを、我々子どもは自分たちの目で、時には偶発的に見つけて探り出すことができた、それもまた昭和時代の特徴だ。

大好きで欠かさず見ていた「川口浩《かわぐちひろし》探検隊」の番組にしても、未踏の地への冒険と言いながらもいろいろと腑《ふ》に落ちないことだらけだし、突っ込みどころ満載だし、フィリピンのジャングルに暮らす「原始猿人バーゴン」もその全貌を期待して待ち構えていたわりには、あらわれた姿は猿人ではない普通の成人男子だし、しかも途中で出てくるジャングル在住の裸族の女たちは、皆なぜか抜群にスタイルが良い美女たちで、カメラ慣れした笑顔で微笑《ほほえ》んでいた。だけど、川口探検隊は至極真面目にそういった展開と向き合っているのが、私には何より面白かった。猿人バーゴンよりも、川口探検隊の揺るぎないエンタメ意識と、現実と虚構の境界線のないそんな番組が存在していること自体が、とにかく面白かった。

川口探検隊の放送の翌日に学校へ行くと必ず男子たちとはその番組の話題で盛り上がるわけだが、「蛇が大量に降ってくるなんて、あれ絶対嘘《うそ》だよな！」などと10歳くらいの少年たちが笑いながら、テレビ番組を揶揄《やゆ》したり批判し合えた時代は素晴らしかったと思う。

社会、経済、人間の性、教科書では学ぶことのできない大人の世界を、川口探検隊や芸能人水中運動会、そして道端のエロ本などを介して、垣間《かいま》見ることのできた子ども時代があったことを、ちょっと得したように思っている。

6

CMの創造性

―昭和のCMには遊びや知的教養があった―

映像美にこだわるイタリアのＣＭ

時代は紀元前１００年の古代ローマ。インフラ工事が進むアッピア街道で、「マイルストーン」という都市の中心からの距離を示す石標に、今まさに数字を刻み込もうとしているひとりのローマ人。後ろから何かの気配を感じ、振り返ると１台の見たこともない物体がきらりとメタリックな表面を光らせて、高速で通り過ぎていく。他にもたくさんの人間が働いているのに、その物体が見えていたのは自分だけだ。思わず立ち上がり、その物体が遠ざかって見えなくなった先に視線を合わせ、今自分が目のあたりにした非現実的な現象を確かめるように佇《たたず》むローマ人。

１９８０年代にイタリアのテレビで流れていた、自動車メーカー、ランチアの新車テージスのＣＭである。

古代ローマ人が築いた驚くべきインフラ技術の数々は、イタリア人の誇りだ。水道橋にしても道路にしてもいまだに現役で使われているものが数多くある。そしてその古代ローマ人へのリスペクトと自らの誇りを兼ね合わせたかのようなこのＣＭには、他社や他国の追随を許さない圧倒的な勝利感があった。わずか40秒程度の映像の中に込められた半端ではない情報量。夫と結婚をした後に購入したのもこの車だった。そして今ふと気がついたが、あの映像は、その後に私が描いた漫画『テルマエ・ロマエ』の世界観にもつながっている。

イタリアのCMの定番といえば、だいたいセクシーな美女が出てくるか、お笑い芸人がナンセンスなコントを繰り広げるような気軽なもので、日本と比べればCMの多様性は限定的だ。だが、時々こうした印象的なものがあらわれる。

今はめったに民放テレビを見なくなったが、子どもの頃はCMを見るのが好きだった。母が創刊号から定期購読していた『暮しの手帖』を読み続けてきた影響もあるのかもしれない。経済国家日本に存在する数々の製造業の会社が、自分たちの商品を売るためにどれだけの知恵を絞って、人々の気持ちを取り込もうとしているのか、そして実際の商品はその宣伝通りのものなのか、CMは夢と同時に、そんな猜疑心《さいぎしん》も湧き立たせる要素に満ちている。

この感覚は「川口浩《かわぐちひろし》探検隊」を見ている時と同質のものだ。でも、本心では『暮しの手帖』の編集長である花森安治《はなもりやすじ》がどう反論しようと、CMは思い切り面白いものであってほしかった。CMが成功するかどうかは、見ている人の脳に脳内麻薬物質であるエンドルフィンがどれだけ分泌するかで決まるのかもしれない。

昭和CMのリバイバルに癒やされる

先日、都内でタクシーに乗っている時、ぼんやりと聞き覚えのあるCMソングが流れてきたので、はっと我に返って目の前のモニターを見ると、現在活躍中のハンサムな若手俳優が温泉浴場で保湿効果のある男性用化粧品を使っているCMだった。海辺に立つ温泉ホテルの外観を海側から舐《な》めたアングルで始まり、昭和っぽい花柄ベルベットの椅子セットが置かれた客室から、露天風呂、黄金風呂、大浴場を俳優さんがワープするようなお風呂シーンが繰り広げられる。

「ゆったり、たっぷり、のーんびり♪」のキャッチフレーズと黄金風呂でお馴染《なじ》み、「勝浦スパホテル三日月」の昭和から続くCMと資生堂の男性化粧品の期間限定コラボCMなのだが、どこか色調を抑えた映像の質だけでなく、安定感のない音や「殿方《とのがた》のお供に」などという言葉を用いるナレーションも徹底的に昭和で、私のツボにはまる演出だった。家に帰ってからネットで動画を検索し、見つけてすぐに自分のSNSにも「皆さん、めちゃくちゃ素敵なCMを見つけました！」とメッセージつきでアップしたほどだ。ドラッグストアで見つけた時は思わず買って、ハワイにいる息子に「あんたもこれで潤いなさい」と送りつけていた。

昭和のCMというのは、今日より明日はいいことがあるかもしれない、という根拠のない期待感をそそるエネルギーがある。ものを欲することが、生きる喜びと未来への期待感を膨らませてくれるというあの感覚は、経済がうまく動いていることの証《あかし》に他ならない。それはつまりテレビ越しに見ている我々にも、社会の安定性と、気持ちのゆとりを与えてくれる役割も兼ねていた。

日本帰国時に時代の変化を実感

漫画家としてデビューし、息子を連れて日本へ帰国したのは平成8（1996）年、29歳の時だ。平成と昭和という時代の変化と向き合った時のあの感覚は、浦島太郎が竜宮城から故郷に戻ってきた時の違和感にも似ているかもしれない。特に私がイタリアにいた11年間は日本のバブルが始まって終わるまでの期間なので、差異は大きい。

まず人々の服装や髪型、そして話し方。友人の言葉の中には私の知らない流行《はや》り言葉がたくさん用いられていた。

前回の帰国時に流行っていた言葉を使ったら、「それ死語だよ、もう」と失笑される。イタリアでは時代が移り変わってもさほど強烈に人の話し方や言葉が変わることはないので、日本の流行りすたりのスピードの速さに当惑した。

若者たちの変化も顕著だった。平成8年はちょうどルーズソックスが終わったくらいの時期だが、あれは私にとっては束の間の未知の世界だった。肌を黒く焼いた上に白っぽいアイメイクをして大声で笑いながら渋谷の街を闊歩《かっぽ》している、制服姿のお嬢さんたちにもたじろいだ。もう松田聖子《まつだせいこ》さんみたいなアイドルは姿を消し、時代の主流はすでにグループアイドルに移行していた。

テレビ番組も、もはや人情的なドリフの笑いのようなものが力を失っていて、ニッチな笑いに移行していたが、そういったメディアの中でも「今は昭和じゃない」と一番わかりやすかったのは、ＣＭだろう。

昭和と平成。創造物の違い

私が日本を離れる頃、テレビで目にしていた高尚で知的教養をくすぐるようなＣＭはほとんど消えていた。バブルが始まる直前、日本の若者たちはみんなやたらと背伸びをし、浅田彰《あさだあきら》やロラン・バルトの本を小洒落《こじゃれ》たカフェバーでこれ見よがしに読んでみたり、友人たちと言語哲学者のソシュールの「シニフィアン」「シニフィエ」を語ったりしていた。あれはあれで今振り返るとちょっと異様だが、人はとにかく教養があってなんぼ、というノリがＣＭのようなメディアにも反映されていたように記憶している。

フィレンツェで未婚で子どもを産んだ後、私は北海道のローカルテレビ局のレポーターをしたり、番組の料理コーナーで簡単イタリア料理を紹介したり、メディアの世界が生活の拠《よりどころ》になっていたが、平成は昭和の事象ほど思い出せることがない。子育てに必死だったのと、日本の変化から意識を逸《そ》らすように時間さえできれば子どもを連れて海外旅行に行っていたからかもしれないが、印象的なＣＭすら思い浮かばない。

もはや平成は、ITの世界に象徴されるように、日本オリジナルの新しい創造物を生み出せない状態になっていたが、あの経済のビッグ・ウェイブにノリに乗っていた時代の「明日はいいことしかない」的な風潮は、もう何からも感じることができなくなっていた。

懐古的になりすぎるのも良くない。それはわかっている。昔を良く思いつつも、しっかり今という現実とも向き合わなければ精神は脆弱《ぜいじゃく》になる。でも、私は気がつけば動画サイトで昭和のCMばかりを集めた映像を見ながら仕事をしていたりする。仕方がない。もはや自分の創作意欲は、古代ローマやルネサンス、そして昭和という歴史に焚《た》きつけられる仕組みになっている。

当時は別にそれほど感動したわけでもないが、動画サイトを見ながら今になって感動するCMがいくつかある。例えば私の敬愛する作家のひとりである開高健《かいこうたけし》が、水筒のように「サントリーオールド」を腰に下げ、線路横をてくてくと歩き、アラスカ鉄道に乗り込んだり、モンゴルの大河で幻の巨大魚イトウを釣るという一連のサントリーのCM。テレビ番組でも映画でもない、たった数十秒や数分の映像の中に、果てしない世界観が演出されていて圧倒される。ウイスキーという自分たちの商品にアプローチするよりも、起用する人物から醸し出される奥深さと、地球の広さを前面に出すことへの優先性が、つまり経済的ゆとりということなのかもしれない。

なるほど、開高健という世界を旅するタフな作家が出来上がったその傍らには、実はこんな飲み物があったのか、という視聴者の想像力を見据えた作り。戦後頑張り続けてきた日本の経済力がもたらしたＣＭの成熟に、今になって気づかされている。

そもそも、開高健自身がサントリーの前身である壽屋《ことぶきや》宣伝部の社員としてキャッチコピーを手がけていた人である。彼が手がけたＣＭの名文句の数々にはハイクオリティな文学性が込められており、世間の人々がそれに反応できていたというのも素晴らしいことだ。

僧侶たちと鐘の音。京都の町を子犬が彷徨《さまよ》い歩く。子犬は人波を縫うようにひた歩き、雨が降り始めると大きな木の下で雨宿りする。雨が上がると、また1匹でトコトコと歩を進める。「元気で。とりあえず元気で。みんな元気で」とナレーションの後、「トリスの味は人間味」という「トリス」の宣伝も忘れがたい。物語性があって、子どもながら見ていていろいろなことを考えてしまうCMだった。オンエア時間も長く、ひとつのテーマをじっくりと見せる。商品が売れればよしとする即物的な意図もなく、商品名も最後まで出てこない。あれもまた経済の安定感が育んだ、精神的なゆとりがあった故のCMだと言える。犬や猫を使って癒やしでものを宣伝しようという意図丸見えの現在のCMと比べて、このトリスの子犬の使い方は奥が深いし、心底から愛《いと》おしくなる。しっかり子犬自身のドラマとして焦点を当ててくれているからだ。

新しいCMを高いお金をかけて作る代わりに、あのような名作をまたテレビで流してくれたらいいのに、と感じることもある。今のご時世、この「トリス」の「元気で。とりあえず元気で。みんな元気で」なんていう言葉はきっと多くの人々の心に染み込むはずだ。

人々の感性を成熟に誘うハイクオリティなCMの数々

自分の記憶にある昭和のかっこいいCMは、やはりサントリーの「ランボー　あんな男ちょっといない」というナレーションの入ったフェデリーコ・フェリーニ風の映像のCM

や、パルコや西武百貨店のかなりスタイリッシュなCMだったが、かっこよかったのは映像だけではない。中でもジャケットにジーンズ姿の山下達郎《やましたたつろう》さんが膝上まで海に浸かってこちら側を指で差すマクセルのカセットテープのCMは有名だが、あの時代、実は達郎さんだけではなく、ざっと思い出せる限りでも松任谷由実《まつとうやゆみ》さんや大滝詠一《おおたきえいいち》さん、竹内《たけうち》まりやさんや大貫妙子《おおぬきたえこ》さんら、その後日本のミュージックシーンにおける重鎮となるアーティストたちが、お菓子や清涼飲料水などの作曲や歌を手がけているのは凄《すご》いことである。

1970年代半ばからは化粧品会社の、特に口紅やファンデーションのCMで起用される曲がヒットするのは定番の傾向となるが、そんなお洒落《しゃれ》な商品ではなくても、例えば不二家の「ハートチョコレート」のCM曲を達郎さんが歌っていたり、日清のインスタントラーメンの歌が大滝詠一さんだったりして、こうしたCMを通じてどんな人の日常にもハイクオリティな文化が普通に溶け込んでいた。あの時代には購買欲とともに、人々の感性を知らず知らずのうちに成熟させる、素晴らしい素材があたりまえのように周りにあった。

17歳からイタリアで暮らしている私の楽しみのひとつが、ときどき日本の友人から送られてくる日本のテレビＣＭを集めたビデオテープだった。文化度の高いものから、おバカなものも含めて日本のあらゆるＣＭを見ていると、そこには日本という国の元気な躍動感が伝わってきた。物怖《ものお》じせずに、失敗をものともせず前に進んでいこうとする、とにかく前向きな文化と経済が融合したエネルギー。その雰囲気は、自分の目で見てきたわけではないけれど、ルネサンス時代のイタリアにたくさんの秀逸な表現者をもたらした、あの時代にも似ているかもしれない。

7

昭和のオカルトブーム

——童心大人から勇気をもらった——

フィレンツェで未確認飛行物体を目撃

数年前、新作漫画の取材でフィレンツェに漫画家のとり・みきさんと滞在していた時のことだ。宿泊先のホテルの屋上から雨上がりのアルノ川に架かるフィレンツェ最古のヴェッキオ橋のほうを眺めていると、橋の上空に鮮やかな虹が懸かっているのが見えた。私もとりさんもめったにお目にかかれないその光景に興奮してカメラのシャッターを押した。その時、とりさんが不意にカメラを目元から下ろし、「あの3つ並んでる光って何？」と私に問いかけてきた。とりさんが指差す方向に目を凝らしてみると、確かに前方のフォルテッツァ・ベルヴェデーレというルネサンス時代の要塞のはるか向こうの上空に、3つ並んだ飛行物体の灯が見える。ああ、ヘリコプターだよあれ、とその瞬間は私はほとんど無関心に反応しただけだったが、とりさんは相変わらず「いや……」と腑《ふ》に落ちない状態でその光に見入っている。私ももう一度その光を注視したが、確かにヘリコプターにしては音が静かで、移動も速い。その後その光は、ふと角度を変えて、三角の点の位置を保ったまま落下するような勢いで、静かに丘の向こうへと消えていった。

「まあ、ヘリコプターだね、あれは」と私はそれでその一件を片づけようとした。「なんか事件でもあったんでしょう、あの辺で」と押し黙っているとりさんに告げると、とりさんはしばらく無表情でその飛行物体が消えた方向を凝視し続け、ひと言こう言った。

「あれはＵＦＯですね」

　とりさんは超自然現象に精通している。はっきり言って、ものすごく詳しい。本人も超常現象的な題材の漫画をたくさん描いているし、ＳＦ界の大家である小松左京《こまつさきょう》氏に可愛《かわい》がられ続けただけあって、「あれはＵＦＯですね」の言葉に迷いはない。

「まさか」

「いや、だって、スーッと近寄ってきて、スーッと降りていなくなったでしょ？　ヘリコプターにはあんな滑らかな動きはできない。飛行機も無理。こんな昼間にあんな明るい灯を放っていたのも不自然」

　とりさんは普段通り、情動性を抑えた静かな声で解説を続けた。そんなふうにされると、やっぱりＵＦＯだったのかと思うしかなくなってくる。私は別に超常現象を信じないとか、ＵＦＯの存在をバカバカしいとか思っているわけではない。ただ、こんな形ではっきりと目のあたりにすると簡単に納得することができない。私にとってＵＦＯは、あくまでメディア経由で知る類《たぐい》の、嘘《うそ》か本当かわからない超常現象だからだ。

ネットですぐに誰かが同じものを見てやしないかと検索したが、それと思《おぼ》しき投稿は見当たらなかった。

昭和はオカルトブームに沸いていた

私が子どもの頃の昭和40～50年代、巷《ちまた》はオカルトで溢《あふ》れていた。小松左京の『日本沈没』、五島勉《ごとうべん》の『ノストラダムスの大予言』がベストセラーになり、『エクソシスト』などのオカルト映画が矢継ぎ早に公開されていたのもその頃だ。

少年雑誌を買えば、「ＵＦＯとの交信」といったＳＦ記事や「ネス湖のネッシーを目撃」なんて特集が毎回のように組まれていたし、小学校の学級文庫にも「世界の七不思議」や「日本怪奇談」などの本があたりまえのように置かれていた。エジプトのツタンカーメン王の呪いがどうだとか、お寺に河童《かっぱ》のミイラがあったとか、幽霊の掛け軸がどうしたとか、髪の毛が伸びるお菊人形が涙を流したとか、とにかくあの頃は友だちとそんな話ばかりをしていた気がする。
テレビでは、超能力によるスプーン曲げを披露したユリ・ゲラーが時の人となり、私たち子どもは、ユリ・ゲラーの念力をテレビ画面越しに受け取って、勉強もほったらかしでスプーンを曲げることに執心した。クラスの中には目の前で力ずくでスプーンを曲げ、「やった、できた！」と喜んでいる少年もいた。

年に一度のお祭りの際には、たくさんの露店と一緒にお化け屋敷や見世物小屋の興行がやってくる。胡散臭《うさんくさ》いと思いつつも、つい好奇心で小遣いを叩《はた》いて中に入ってしまうのだが、お化け屋敷はともかく、見世物小屋は興奮した。首長女は明らかに作り物だったし、蛇女については、うらぶれた様子の中年女性が着物の裾から作り物っぽい蛇の尻尾を見せて、やる気のなさそうな顔をしている。私は蛇女自体よりも、むしろそういう商売を選んだ女性たちのほうに興味が湧いた。どうしてこういう仕事をしようと思ったのだろう、ととりとめのない考え事にふけるのだ。見世物小屋は江戸時代から続いていた興行だが、いろいろな規制がかかって今は激減してしまったらしい。残念である。

見世物小屋といえば、中2の時に映画『エレファント・マン』が公開になって、クラスのみんなで見に行った。実在していた青年が主人公の作品だったが、ラストのシーンでは全員で座席に座ったまま泣きまくった。友だちの中には3度も繰り返し見に行った子もいて、主人公ジョン・メリックに出会うことがあったら絶対に偏見は持たず、優しくしてあげるんだと宣言していたのを思い出す。

ガチンコではまったオカルトブーム

当時の私はとにかく漫画もテレビもオカルトものに夢中だった。漫画は母から禁書扱いにされていたので、近所に住む友だちのゆうこちゃんの家でお兄さんたちの漫画本をこっそりと読ませてもらったわけだが、中でも楳図《うめず》かずおさんの恐怖漫画や、つのだじろうさんの『恐怖新聞』が大好きだった。古賀新一《こがしんいち》さんの黒魔術もの『エコエコアザラク』も、主人公の黒井ミサがときどき裸になるシーンがあらわれるので、ゆうこちゃんとページをめくっては「裸になった！」と盛り上がったものだった。

漫画でも、映画でも、先述の川口浩《かわぐちひろし》探検隊の「水曜スペシャル」もそうだが、立派な大人たちが真剣に、目に見えない嘘か本当かわからないネタを、至極真面目でハイクオリティなエンタメに昇華させているのが、私たち子どもにはうれしかったのだと思う。母はそういうものを「バカバカしい」と嫌って取り合おうともしなかったが、世の中は解明できない事象で溢れているんだ、と少ない語彙で懸命に反論したこともあった。

そんなオカルトブームの中でも特に、お昼のワイドショー番組でときどき紹介される、視聴者から寄せられた心霊写真コーナーが怖かった。かった、ではなく、今も怖い。今のようになんでもデジタルで加工できる時代ではない。古いフィルム写真にはどう考えても不自然なポーズで写り込んでいる不思議な人物や、人数より多い手、画面全体を覆う大きな顔、そして人の姿や顔のような樹木や石の影が写り込んでいた。今でもあの頃テレビや雑誌で見た一連の心霊写真で特に怖かったものは、はっきり脳裏に刻印されていて、夜中にひとりでトイレへ行かねばならない時などうっかり思い出してしまうととても怖い。

心霊研究家の新倉《にいくら》イワオさんが写真の解説で「ああこれは事故で死んだ地縛霊《じばくれい》ですね」などという言葉を発するだけで、私の全身は硬直した。地縛霊。なんという恐ろしい言葉であろうか。あの頃の私は、この世の地縛霊にはなんとか皆成仏してもらいたいものだと、真剣に願っていた。

心霊写真以外にも、霊能者の宜保愛子《ぎぼあいこ》さんなどが曰《いわ》くつきの廃屋を訪れたり、富士山の樹海みたいな場所を訪れて彼女にしか見えない霊にパニックを起こすといった類《たぐい》の番組もよくやっていた。霊現象や見えている霊の様子を怯《おび》えながらも説明してくれる、宜保さんの霊視能力って凄《すご》いもんだなあと、怖がりつつも感心しながら見ていたものだった。

コックリさん、口裂け女、「万華鏡」

五十音表や数字を書いた紙に10円玉を置いて狐《きつね》の霊を呼んで質問をしていく降霊術の「コックリさん」も流行《はや》っていた。私自身は毎回「ああ、これは誰かが動かしている」と懐疑的になりつつも、遊び的なノリで楽しんでいたが、あの頃の「コックリさん」への質問といったら、大抵「○○の好きな人は誰ですか」といったものばかりだったような気がする。

学校で集団下校が推奨されるほどの社会問題にまで発展したのが、小5か小6の時に流行った「口裂け女」の都市伝説である。下校途中の道で、大きなマスクをした女が「私、きれい？」と問いかけてくる。「きれい」と答えると、女はおもむろにマスクを外し耳まで裂けた口を見せるというもの。「ポマード」と3回唱えると女がひるむとか、べっこう飴をあげると逃げられるとか、かわし方も諸説あったが「ポマード」というのは一体なんだったのか。人間というのはしみじみ面白い生き物である。

中学生になると頻繁に家に友だちを集めてお泊まり会を開いた。親が自衛隊の家の子は大抵親に反対されて宿泊は許されず夜になる頃に家族が迎えにきたが、自営業などで親が働いている家の子どもはわりと自由で、年に何回かそんな家庭の子ども同士で集まって朝までパジャマパーティをして過ごすのである。

修学旅行もそうだが、子ども同士のお泊まり会といえば夜は怖い話大会だ。幽霊に遭遇した知人の話、不可解な事故など因縁による怪現象。忘れもしないのは、ある日友だちが幽霊の声が入っているレコードを持ってきたことだ。

それは当時オカルトソングとして話題になっていた岩崎宏美《いわさきひろみ》さんの「万華鏡」である。よくよく聴いてみると、コーラスに呻《うめ》くような声が入っている。家の広いレッスン室にある母自慢のタンノイ社の立派なスピーカーから響いてくる、幽霊と思しき声に皆大悲鳴を上げる。悲鳴を上げ、耳を塞ぎつつも「もう1回かけて！」とそのコーラスをヘビロテする。怖いんだか楽しいんだかよくわからないが、あのコーラスの声の真相はいまだによくわからない。

大人になってスプーンを曲げてみる

いつだったか、合作漫画の共同作業中に突然とり・みきさんが、スプーンを曲げられると言い出した。とりさんは還暦を過ぎているし、私も50歳を過ぎている。でも、とりさんは真剣にスプーン曲げについて語り出し、私も熱心にその話に聞き入った。

「高級そうなスプーンはダメ。百均で売っているような安っぽいやつだったら、結構軽く擦《こす》っているだけで、ある瞬間になるとグニャッと曲がりますよ」

私は百均のスプーンを用意してとりさんに曲げてくれとお願いしてみた。とりさんは「あ、はい」と飄々《ひょうひょう》と答えると、スプーンの首のあたりを黙って擦り始めた。私も自分のスプーンをとりさんのようにゴシゴシと親指の腹で擦ってみたが、別に曲がりそうな気配がするわけでもない。まあ安いスプーンだからちょっと力を入れれば曲がることは曲がるだろうな、などと考えていると、急にスプーンの首が柔らかくなって頭が後ろにねじ曲がったのである。

「うわ、曲がった」と喜ぶでも驚くでもなく、むしろ猜疑心《さいぎしん》に満ちた声でとりさんに伝えると「曲がりますよ」とやはり味も素っ気もない無味乾燥なリアクションが戻ってくる。しかし曲がったままのスプーンは元に戻らない。「これどうするの、もったいないな」と呟《つぶや》くととりさんは「だったら曲げなければよかったのに」と相変わらずの調子だ。

とりさんのスプーンはその時には曲がらなかったが、子どもの頃には普通に曲がったのだそうだ。私はユリ・ゲラーが送ってくれる念力を受信してスプーンを擦ったが、当時はまったく曲がらなかった。あれから紆余曲折《うよきょくせつ》の人生を経て、超能力について など考えなくなった50歳になってスプーンを曲げられたというのはどういうことなのか。

「まあ、曲がるのは超能力のおかげじゃないですからね。物理的に説明ができるんですよ」ととりさんにレクチャーされたが、使いものにならないスプーンがもったいないのでもう試すことはないだろう。

オカルトとイタリア人の合理主義性

とにかく、学校で教えてくれることもなければ、普通の大人は眉をひそめるようなことを生業として生きている大人たちの姿に勇気づけられたのが、私にとってのオカルトブームであった。番組ディレクターの矢追純一《やおいじゅんいち》さんがUFOを追って現地取材したり、川口浩探検隊がジャングルの奥地に原始人を探しに行ったり、スプーンを曲げることに2時間もの特番を組んだり、とにかくこの世になくても誰も困らないようなことに真剣に取り組んでいる。その姿を見ていたから、私は絵の道に進むことにも漫画で食べていくことにも躊躇《ちゅうちょ》しない大人に育つことができたのだと思う。

ちなみに、イタリアにいる時の私は日本でとり・みきさんと喋《しゃべ》っているような会話は誰ともできない。することが叶《かな》わない。誰かに「猿人バーゴン」や「口裂け女」や宜保愛子さんの話でもしようものなら、おまえはストレスが溜《た》まって、ついに頭がおかしくなったんじゃないか、というリアクションを間違いなく返されるだろう。イタリアの特に教養人が多く、経済が潤滑に回っている北部となると、人々の合理性も際立ってくる。UFOを見たなんて話をしたら、大笑いをされてしまうに違いない。

　しかし、イタリアの南部では見えないものを信じる人に何人か出会ったことがある。かつて、プーリア州にある独特なとんがり屋根の建造物で有名なアルベロベッロで、宿泊していたホテルのおじさんが、自分は宇宙とコミュニケーションをとっているのだ、という話を始めた。仕立てのいい背広に焼けた肌がダンディなイタリア紳士だが、そんな佇《たたず》まいの彼の口からそのような思いがけない言葉が出てきた時は、少しうれしかった。おじさん曰《いわ》く、アルベロベッロのとんがり屋根にはピラミッドと同じ効力があるのだという。そういう話をビジネス談議でもしているように淡々と喋るのが面白かった。

「他に宇宙と交信できる人はここにいるのですか」と聞いてみると、他にもいるという。怪しい飛行物体を見た羊飼いのおじいさんがいるのだという。しかも、ルネサンスの礎を築いたとされる13世紀の神聖ローマ帝国の皇帝フェデリーコ2世が築いたカステル・デル・モンテという八角形の城も宇宙との交信機能があるという。おじさんも普段あまりそんな話をすることがないのか、歴史オカルト談議は深夜までに及んだ。

オカルト部門ではないが、昭和の童心大人といえば、日本を代表する板画家である棟方《むなかた》志功《しこう》さんを思い出す。私はここ数年テレビや美術展などで、別にご縁があるわけでもない棟方志功さんがらみの仕事をなぜかする機会が多いのだが、自分でも彼を見ていると、話す勢いだったり、鼻息だったり、そういったものに何気ない類似点を感じている。

棟方さんがかつて通っていた青森市の小学校へ行くと、展示室に棟方さんが子どもたちと一緒に撮った写真があった。写真の中の大勢の子どもの中で、一番子どもらしい無邪気な顔をして笑っているのが棟方さんだった。一心不乱に板画道に向き合い、「板画バカ」とまで呼ばれていたらしいが、他者に自分がどう見えているかを気にせず、生きる喜びを謳歌《おうか》できる人は、いつまでも子どものままの天真爛漫《らんまん》な笑顔で笑えるものなのである。

8

憧れた大人のかたち

—前に進んだ昭和一桁世代の女性—

ポルトガルで憧れの人を思い出す

ポルトガルの田舎を家族と一緒に車でドライブをしている途中、前方に見えてきた山の裾野に見覚えのある航空会社の宣伝看板を見つけた。空色の背景に白い文字で「PANAM」と書かれている。通称「パンナム」こと、パンアメリカン航空の看板だった。すっかり色褪《いろあ》せてしまっているところを見ると、1970年代に設置されて以来、会社がなくなってしまってもそのままにされているのだろう。まるでそこだけ時が止まっているような佇《たたず》まいだ。途端に、猛烈な郷愁のようなものに襲われた。パンナムは、かつて一世を風靡《ふうび》したアメリカの航空会社で、私が子どもの頃に毎週楽しみに見ていた世界紀行番組『兼高《かねたか》かおる 世界の旅』のスポンサーだった。

昭和50年代、カトリック教会のミサへ行かなくてもいい、母が不在の日曜日の午前中は、『兼高かおる 世界の旅』（昭和34年〜平成2年、TBS系）をかぶりつきで見ていた。海外旅行がまだ一般的ではなく、富裕層のみができる贅沢《ぜいたく》であった時代、兼高さんは世界を飛び回り、北極や南極、秘境に住む村人から国家元首、王族まで多様な人々を取材し、レポーター、ディレクター、プロデューサーまでをひとりでこなしていた。

上品な語り口、知性と気品が溢《あふ》れる佇まいと物腰。ある時はイギリスのチャールズ皇太子、またある時はニューギニアのジャングルの集落の長を取材する。軽やかなフットワークで毎週未知なる世界各地の風俗・文化・歴史・人々の映像をお茶の間に届けてくれた。

「そうだ、大人になったら兼高かおるになろう」

小学生の私はテレビの前でひとり宣言をし、兼高さんという女性に憧れを抱き続けた。絵を描くのが好きだから「絵描きになりたい」、昆虫が好きだから「昆虫図鑑の絵を描く人になりたい」と思ったのと同様に、特に深いことも考えず、兼高さんやスナフキン、山下清《やましたきよし》のような、旅で生きていく大人になりたいという夢を描いていた。

昭和50年頃の海外旅行

兼高さんが毎週、世界を股にかけて届けてくれた番組は世界紀行番組の先駆けであり、当時の視聴者にとっては、ほとんど初めて見るような驚きの映像ばかりであった。

海外旅行事情も現在とはだいぶ違っていた。例えば、私が14歳の時、今から39年前（昭和56年＝1981年）の円相場は1ドルが220円ほど。1978年に成田国際空港が開港となってからは海外旅行がだんだんと身近なものになっていくのだが、それでも、一般家庭にとっての海外は、まだまだ手の届かない遠いものであった。

そんな時代に、エジプトでピラミッドに登ったり、インドでヒンズー教の儀式を紹介したり、スペインのバレンシアで火祭りのレポートをしたり、毎週、世界のあちこちを颯爽《さっそう》と飛び回る兼高さんはこの世の人とは思えないくらいかっこよくて眩《まぶ》しかった。

いっぽう、兼高さんと同時代に生まれ育ち、札幌交響楽団のヴィオラ奏者として働く母も、各地での演奏活動のためにあちこちを飛び回っていた。

小学校2年生の時、内外の評価が著しく上がりつつあった札幌交響楽団は、欧州とアメリカへ長期の演奏旅行を実施することとなり、私と妹は、母と親交の厚かった家族に3週間ほど預けられた。

そのお宅には私たちと同世代の姉妹がいて仲良く遊べるのはうれしかったが、ひとつ屋根の下に数週間も一緒に暮らすとなると話は別。最初は、友だちと寝泊まりを共にするような非日常感にはしゃぐ気持ちがあったけれど、次第に、母がいない寂しさだけではなく、家族の負担がひしひしと感じられるようになり、他人の家に居候をさせてもらっているという居心地の悪さがつのっていった。

パワーアップして迎えにくる母

元通りの生活を待ちわびる私たちのもとへ「お元気ですか。ママは今、オーストリアのザルツブルクというところへ来ています、今度はみんなで行きましょう」などと楽しそうな絵葉書が届く。それを見ていると「なんだか楽しそうだなあ」と羨ましい気持ちと「早く帰ってきてくれよ」という辛《つら》さが重なり合って複雑な気持ちになった。

そしていよいよ海外から戻ってきた母には、一段と力強い大きなエネルギーがみなぎっていた。子どもたちに会えた安堵《あんど》、ひと仕事を終えてきたという自信、初の海外出張の感動。お世話になったお宅にお土産を渡しながら、溢れる泉のごとく旅の感動を話し続ける彼女の全身からは、終始強烈なオーラが放たれていて我々はたじろいだ。

興奮に包まれて生き生きと語る母を前に、私たちが寂しさを伝えるには温度差がありすぎて何も言えなくなるわけだが、それでも健全に精神が満たされている母の様子を目のあたりにすると、なんだか楽しかったし、うれしかった。兼高かおるさんもそうだが、世界を広げてきた人には特有のダイナミックさが身につくのだろう。「あなたたちもとにかく大きくなったら、いろいろなところへ行ってみなさい。私たちって凄《すご》い星に住んでるんだってわかるから」と母は興奮しながら私たちに何度もそう言った。

お嬢様だった母の北海道への旅立ち

母にとって音楽という仕事は、まさに生きがいだった。

当時、私たちが暮らしていた北海道の団地の人たちは、母子家庭である私たちを気遣って快く助けてくれる人もいたが、「子どもが小さいのに家を空けて働くなんて、あの子たちがかわいそう。演奏家なんて仕事は辞めて、もっと娘たちといられる仕事をするなり、再婚するなりすべきでしょう」などと眉をひそめる人たちもいた。

なんといっても、「お母さんは専業主婦」というクラスメートが多かった昭和50年代である。けれど、母はそうした世間の圧力に1ミリもぶれなかった。

昭和8(1933)年に神奈川県の鵠沼《くげぬま》に生まれ、深窓の令嬢として育った母リョウコ。川端康成《かわばたやすなり》の娘と同級で、上皇后・美智子《みちこ》さまの疎開先であった湘南白百合学園の出身である。女子大卒業後は銀行員だった父親に紹介された会計事務所で働いていた。

子どもの頃から習っていたヴァイオリンを、高等部ではヴィオラに持ち替えた。そして大学卒業後は会計事務所で働きながらときどきアルバイトで、シャンソン歌手のバックなどで演奏をしていたらしい。両親に縁談をすすめられた時も、まだ音楽の仕事を続けていきたいからとそれを断り、そのあたりから親子関係がぎくしゃくするようになっていったようだ。当時はまだ、女性が仕事を持って自活することが難しい時代であった。

そんな折、昭和35(1960)年、札幌に交響楽団が設立されるという情報を得た母は、新しいオーケストラの創設に情熱をかき立てられ、両親に相談もせずに会計事務所を辞めたかと思うと、家族の猛反対を押し切って家を飛び出した。ヴィオラだけを抱えて、上野発の夜行列車で札幌に向かったのである。

縁談話以外では親に背いたこともなかった母は、人生の大きな賭けに出た。昭和36（1961）年、札幌交響楽団（設立時は「札幌市民交響楽団」）は北海道唯一のプロのオーケストラとして結成され、母は女性第1号のメンバーとなった。

そしてそこで母は、札幌に生まれ育ち、北海道大学スキージャンプ部の選手でもあった新鋭の指揮者と恋愛をする。周囲に猛反対されつつ、籍を入れるだけの結婚だったので、結婚式の写真すら残っていない。けれど、父親が撮影したヴィオラを携えて優しく微笑《ほほえ》む母のモノクロ写真からは、満ち足りた結婚生活の様子が伝わってくる。札幌という縁もゆかりもない新しい土地で生きていくためにも、父の存在は母にとって結婚相手以上の大きな意味があったはずだ。

母を襲った悲劇と幸せ

勘当同然で札幌に移住した母であったが、私を身ごもったことで実家との関係が修復され、里帰り出産のために一時的に実家（鵠沼から東京へ転居）へ戻る。昭和42（1967）年、母は私を出産するが、それからまもなく父は持病をこじらせて病死してしまう。育児日記にも「これからはまりちゃんとふたりで頑張ろう」などと寂し気な文言が綴《つづ》られている。出産してまもなくシングルマザーとなってしまった母は両親の家に身を寄せるようになっていたが、クリスマスイヴに再び幼い私を連れて札幌へ戻った。人生の不条理に襲われ途方に暮れていたに違いないが、頑固で弱みを見せるのが嫌いな母は当時を顧みて語ったことがない。

母は仕事を続けていたので、私は1歳で札幌市内の保育園に入園した。それからまもなく、母はサウジアラビアにある日本の建築会社に勤める建築技師と再婚した。どこでどう知り合ったのかよくわからないが、その人との結婚式の写真もない。母は私たちにも「結婚式って嫌いなのよ、あなたたちもやらなくていいよ」などと言っていたが、儀式的なことが苦手なのかもしれない。普通のモノクロ写真で、その男性と、小さな私を抱いた母の写真だけは残っている。

昭和44（1969）年に妹が誕生。そんな中、義父（妹の父）は海外転勤でサウジアラビアへ戻ることになったが、そこから控えめで心優しい義父の母のハルさんが加わって4人暮らしが始まった。結局、義父が北海道へ帰る見通しは立たず、母は未来が見えない結婚生活に見切りをつけて離婚に至る。

「本当に結婚したいと思う人があらわれるまでは、結婚しなくていい。結婚すれば何かが解決するとか、幸せになるとか、経済的にも困らないとか、そんなふうに考えていたら大間違いだからね。無条件で一緒にいて楽しいと思える人があらわれないうちは、ひとりでバリバリ働いてやっていくほうがいい」

私たち姉妹が子どもの頃から言われ続けた母の教えである。

「そうか、結婚しなくてもいいんだ」と思った。周りの友だちは「お嫁さんになりたい」という子がたくさんいた時代なのに、母は結婚に対して夢も希望も持つなと頑《かたく》なに私たちに教示した。

結婚早々、夫と死別する悲しみ、再婚してまもなく、2度目の夫とも生き別れる辛《つら》さを経験した母にとって、「男性に頼る生き方」より「自活して生きる術《すべ》を身につけること」こそが、経験を踏まえた彼女の教育だったのだろう。

昭和一桁世代の母と兼高かおるさん

第二次世界大戦（昭和14〜20年）の戦中戦後を体験した昭和一桁世代の女性の強靭さについては、母を例に挙げながら、ある時、やはり昭和一桁世代の母親を持つ友人と語り合ったことがあった。戦時中はジャガイモや大根をかじりながら空襲を避けて生き抜き、その後の目まぐるしい、第二の文明開化と言ってもいい日本の高度経済成長という時代に適応してきた人たちである。タフでないわけがない。

幼少時からの憧れの人である兼高かおるさんは、戦後のアメリカによる日本占領が終わった2年後の昭和29（1954）年、26歳でロサンゼルス市立大学に入学し、その後外国人のインタビュアーなどの仕事をしていたそうだ。早回り世界一周中のアメリカ人、ジョセフ・カボリー氏の世界記録をヒントにして、昭和33（1958）年、東京から飛行機（当時はプロペラ機）を乗り継いで「80時間世界一周」の世界記録を樹立する。

機内で書き上げた紀行文が週刊誌に掲載されたことをきっかけに、ラジオ東京（現TBS）からインタビュー番組を依頼され、それが好評を博して翌年の昭和34（1959）年、初の海外取材番組（後の『兼高かおる 世界の旅』）をスタートさせたという人だ。

今でこそ女性のディレクターもあたりまえに活躍しているが、基本的に男社会のテレビ業界で、あの時代に番組のレポーター、ナレーター、ディレクター、プロデューサー、時にはカメラマンと、ひとりで何役もこなし、世界を日本へ紹介し続けるにはどれだけのバイタリティが必要だったのかと思う。昭和一桁生まれの女性は、彼女たちもタフではあったが、あの時代そのものがそういうエネルギッシュな女性たちを象《かたど》っていったとも言える。

憧れの人と対談

平成28（２０１６）年2月、文芸誌『すばる』にて、兼高かおるさんとの光栄極まりない対談が実現した。兼高さんが取材し、制作した世界紀行番組の大ファンだった私は、兼高さんによって今ある自分の一部が構成されたと言っても過言ではない。

「わたくしね、悔しいの。あなたが行って、わたくしが行けていない場所があるの。それはね、シリアのパルミラ。羨ましいわ」

そんなシリアの話から始まり、旅に憧れるようになったきっかけ、番組制作のスタイル、旅における発見の楽しさや失敗談、異文化間の差異を理解・尊重することの重要性について、時間をオーバーしつつも大いに語り合った。

兼高さんは品と知性に満ちた方ではあるけれど、同時に大胆でお茶目で好奇心旺盛な少年のような雰囲気の方だった。我々はテレビ越しにお上品なマダムのようなイメージを彼女に重ねがちだが、お年を召していても、かつてピラミッドの石を膝丈のフレアスカートで駆け上がっていたような、元気いっぱいの腕白《わんぱく》な女性だった。

この対談の時にはまだお元気で、「今日は調子がいいからお酒をいただくわ」と一緒にシャンパンを飲んだ。体調が悪くなられたのはそれからしばらく経《た》ってからだが、「どなたにもお会いしたくない」と言い続けていた中で、「ヤマザキさんには会いたい」と話されたと側近の方から聞いて、残念でならなかった。本当ならもっとたくさん、どの航空機のカトラリーや毛布が使いやすいかとか、その土地土地で振る舞われるまずい料理を美味《おい》しくいただく方法とか、そんな話をして盛り上がりたかった。

対談の際になんとなく気になったのが、兼高さんが仄《ほの》かな寂寥《せきりょう》感をまとっていたことだ。私が解説を書かせていただいた彼女の著書『わたくしが旅から学んだこと』（小学館文庫）

に「究極の幸せは、信じる人に愛されること」「人に生まれたのですから、人を愛し、人に愛される人生の華があるべきだ」と書かれていたのは頭の隅で少し気にかかっていた。母もそうだが、自分ひとりでも事足りると頑張ってきてはいても、ふと家に帰ってきた時に自分の話を聞いてくれるパートナーがいてほしいと感じることもあったはずだ。

今でこそやっとバリバリのやり手の女性にも近づいていく男性は増えてきたようだが、それでも日本は北欧などの国に比べるといまだに女性に慎《つつ》ましさや謙虚さを求めている。ましてや、社会進出を果たす女性が生意気だと思われがちだったあの時代、自分を理解し、敬い、そして温かく包んでくれるようなパートナーは簡単に見つけられるものではなかっただろう。

まあ、兼高さんはご結婚経験はなくても、たくさん恋もされてきたのではなかろうかと勝手に臆測しているが、できたらそんな話もプライベートで交わしてみたかったものである。今はもう記憶の中の兼高さんと語り合うしかない。

9

私とエンタメの世界

——昭和の点が線につながっていく——

『トムとジェリー』の影響力

テレビを見ていたら、ベルリン・フィルハーモニー管弦楽団が『トムとジェリー』の音楽を再現する番組をやっていて、見入ってしまった。『トムとジェリー』は母が心底好きだった、いや、尊敬していたアニメーションで、稀《まれ》に家で一緒に見る機会があると画面を食い入るようにして見ながら、「このアニメは本当に素晴らしい。ほら、見てごらん、音楽とアニメのピアノの鍵盤が全部合っているのよ！」と、興奮しながら解説してくれていたのを思い出した。トムがワルツ王ヨハン・シュトラウスの家で飼われている回だったと思う。母は感動するものを見るとすぐに「もう素晴らしすぎて泣けてきちゃうわねえ」というのが口癖だったが、『トムとジェリー』を見ているとその発言数は増える。

番組にゲスト出演していた東京藝術大学出身の先生は『トムとジェリー』の音楽研究で博士号を取った人だそうで、彼もアニメでトムが奏でるピアノは指が叩いている音とマッチした適切な鍵盤であることを話していた。彼曰《いわ》く、『トムとジェリー』は実は音楽のアニメで、初期のシリーズには全てオーケストラがついていたという。ジェリーが逃げたり、トムが悪巧みを考えたりする音楽も、全て書き下ろされていて、楽曲としてもかなりハイレベルだというその話を聞いて、母が食らいつかないわけがない、と納得できたのである。

母はよく、小さかった私たち姉妹をコンサートに連れていくことがあった。面白い曲をやる時はぜひ子どもたちにも聴いてほしいから、という思いがあったようだが、中には母にとっては素晴らしい交響曲であっても我々にはわけのわからない、例えばシベリウスやシェーンベルクのような演目の時もあった。母の目が届く一番前の座席に座らせられることが多かったのは、私たちが退屈してもじもじし始めると、ステージの上から強烈な目力で信号を送りつけるためである。私も妹も指揮棒も見ずに我々を凝視している母に焦りを感じて、姿勢を整え直して椅子に座り、じっと音楽に耳を澄まさなければならなくなる。そんな状況下で身につけたのが、聞こえてくる音楽を妄想物語のBGMにする、というスキルである。今思えば、母は知らずして私の想像力を逞《たくま》しく鍛えるきっかけを与えてくれたわけだが、ベースには、『トムとジェリー』という音楽アニメの存在が強く影響していたのかもしれない。

人生に一体何度『トムとジェリー』を見ただろうか。私は自分の子どもに対していわゆる世間的な教育熱心さはほとんどなかった。自分がその辺についてはゆるく育てられたこともあって、子どもに対して「勉強しなさい！」とガミガミ言うことができない。でも、息子には『トムとジェリー』を見て、同じタイミングで笑える同質のユーモアのツボが身についてくれたらいいなあ、と思っていた。だから、結構積極的に『トムとジェリー』は見せていたかもしれない。最終的に息子も『トムとジェリー』に感性を磨かれた大人に成長したが、正直ふたりともあまりに『トムとジェリー』を見すぎたせいで、BGMを聴いているだけでもそれがどのエピソードのどのシーンか全てわかってしまう。BGM当ての選手権があったら出てみたいくらいだ。好きなエピソードは数えきれないが、『トムとジェリー』はクラシック音楽だけに特化してハイレベルなわけではなく、ジャズや、戦後のアメリカを一世風靡《ふうび》したカルメン・ミランダなどに代表される南米系の音楽も相当洗練されていた。私が特に気に入っているのはジェリーが田舎を飛び出してニューヨークに行くエピソードで流れる音楽と、トムがお手伝いさんの留守中に家でジャズパーティをする回、そして野良の友人猫がカルメン・ミランダの真似《まね》をする回である。

『マスラオ礼賛』という私の著書では、表紙に私が作ったトムのぬいぐるみ写真が使われている。小学校の頃、子どもたちはサンリオのキティちゃんに夢中だったし、その後はミッキーマウスのブームがあった。でも私の好きな二次元のキャラクターでは今も昔もトムだけである。ちなみにジェリーは若干ピューリタン的な倫理観の持ち主なのでとっつきにくかったが、トムは今の解釈でいうならば、イタリアやアイルランドなどカトリック系移民の末裔《まつえい》じゃないかという気がしている。まあそんなことはどうでもいい。

トムのぬいぐるみを作ろうと焚《た》きつけたのは実は母である。夏休みの自由研究として提出したわけだが、「どうせ作るのなら夏休みの後に捨てるもんじゃなくて、長く大切にできるものがいいね」という判断でトム作りが決まった。妹はジェリーを作り、それらは今も実家に残っている。

『マスラオ礼賛』にもトムにあてた章があるのだが、私はこの猫の人（猫）格がとにかく魅力的で好きだった。猫としての本能と人間らしい人情との葛藤の味わい深さは、そのまその後の私の異性への嗜好《しこう》を象《かたど》ることとなり、結局いろいろと苦労を強いられることになるわけだ。それにしても、食べようと思っていた卵から孵化《ふか》して出てきたアヒルに自分が母親だと思い込まれ（インプリンティングという動物の本能によるものだが）、最終的にアヒルを食べたいという本能的衝動の制御に成功し、完全にアヒルのお母さんになって悦に入るような男（猫）はそうはいない。

アニメの制作には数人のスタッフが携わってきているが、私が好きなのはハンナ・バーベラとフレッド・クインビーの、１９５０年代までのシリーズだ。そして、毎回３部作構成になっていたこのアニメの中間に挟み込まれていた、「ドルーピー」や「凶暴リス」「オオカミ」といったシリーズや、大人向けの風刺作品を作っていたテックス・アヴェリーの一連の作品も猛烈に好きだった。世の中を斜めに見たり、物事を素直に受け入れない分析癖はテックス・アヴェリーと花森安治《はなもりやすじ》から培ったと思っている。

ラジオとカセット・デッキ

子ども時代に熱中して聴いていたラジオ番組というのがある。日曜の「ＮＨＫ－ＦＭ」で午前中にやっていた「中南米の音楽」だ。学校の学芸会でキューバの名曲「南京豆売り」

を演奏したことがきっかけで南米全体の音楽への興味に火がついた。母は「おかしな子ども」と思っていたようだが、小学校5年のクリスマスになんと念願のカセット・デッキを買ってもらい、そこから私のラジオ録音人生が始まったのである。

小学校の時、団地の上の階に暮らしていた北海道大学の学生が、母のタンノイのスピーカーでぜひ聴かせてもらいたいと、レコードを持ち込んでくることがあった。その大学生経由で私は早いうちから日本のニューミュージックシーンを知ることとなったが、中でもシュガー・ベイブやはっぴいえんどは子どもの耳で聴いても何かが特別だった。荒井由実《あらいゆみ》やハイ・ファイ・セットもあった。荒井由実が作詞・作曲した「冷たい雨」など、曲を聴きながらイメージイラストを描いたこともあるが、恋人と喧嘩《けんか》して雨の街を彷徨《さまよ》う女心を小学校4年生の私がどう受け止めていたのかはよくわからない。

そんな大学生のレコードから影響を受けて、気に入るラジオ番組の方向性が定まっていった。当時はレコードなど高くてなかなか買えないから、とにかくラジオをカセットに録音することに、私は本来学校で発揮すべき集中力の全てを注いでいた。

特にNHK－FMで「サウンド・ストリート」のシリーズが始まってからは、夜10時からの時間は一日のピークとなった。私が聞いていた時は、佐野元春《さのもとはる》さん、坂本龍一《さかもとりゅういち》さん、山下達郎《やましたたつろう》さん、渋谷陽一《しぶやよういち》さんといった音楽の嗜好《しこう》も方向性も重ならないメンツが揃《そろ》い、彼らの選曲はひとつも聞き逃せないほど貴重だった。だからとにかくかたっぱしから聴きまくって、ＭＣでタイトルやミュージシャンの名前が読み上げられるたびにメモした。

「サウンド・ストリート」が終わると、その後はフュージョン系の音楽と短編の文章の朗読が挟まれる「クロスオーバーイレブン」だ。私が聴いていた頃のナレーションは津嘉山《つかやま》正種《まさね》さんだったが、とにかくあの番組を聴いていると自分がどこか至極スタイリッシュな都会の高層マンションの窓から、夜のスカイラインを眺めているような、そんなバーチャルな世界で頭が満たされた。

「クロスオーバーイレブン」が終わると今度は民放局の「ＪＥＴ《ジェット》 ＳＴＲＥＡＭ《ストリーム》」（火曜～土曜0時～0時55分、ＴＯＫＹＯ ＦＭ）に周波数を合わせる。夜の12時、シンセサイザーの効果音とともに飛行機の上昇音、そしてフランク・プゥルセル・グランド・オーケストラ版の「ミスター・ロンリー」が流れ出す。まもなく夜間飛行のパイロットという設定の初代パーソナリティー城達也《じょうたつや》さんのムーディな声による「遠い地平線が消えて、深々とした夜の闇に心を休める時……」という文言のナレーションが入り、続いて名楽団演奏によるイージーリスニング系の名曲が流れる。体は北海道の家の布団の中だが、頭は素敵なBGMとともに毎日世界のどこかにワープしていた。

音から想像力を鍛えられてきた私は、今でも漫画を描く時は音楽をかける。ネタが浮かばない時も音楽を聴くとなんとなく物語を伴った映像があらわれる。面白い現象だ。

音楽のジャンルは関係なし

中学時代はもっぱら山下達郎さんや大貫妙子《おおぬきたえこ》さん、友だちの影響でYMO、佐野元春さんのアルバムをレンタルレコード店から借りてはダビングし、それ以外にもラジオ番組から仕入れた様々なジャンルの曲を繰り返し聴いていた。そしてなぜか高校に入ると私はパンクに走った。音楽の嗜好にはその時期の精神状態が多大に影響しているように思うのだが、14歳のひとり旅と、大量の外国文学の読書を通して、社会のあり方そのものを訝《いぶか》しむようになっていた。

しかも通っていたのがミッション系の女子校だったこともあり、私は自分の周りにいる真綿に包まれて生きているような生クリームみたいな同級生たちとはまったく打ち解けることができなかった。社会に向けられた反抗心でまずは髪を剃り、夜はパンクな曲がかかるクラブへ行って過ごす。ヘビロテで聴いていたのはジョン・ライドンのＰｉＬやマルコム・マクラーレンのセックス・ピストルズなどだ。が、私は引き続き「サウンド・ストリート」も、「クロスオーバーイレブン」も、「ＪＥＴ ＳＴＲＥＡＭ」も聴いていたし、中南米の音楽やクラシック音楽も聴いていた。頭の中は音楽のごった煮状態だった。

実はその時期、私はふと思い立って自分で曲を作ってそれをピアノで演奏しながら歌い、テープに録音をしていたのだが、ある時、某レコード会社のオーディションにそのテープを送ったところ担当者から電話がかかってきて、直接会ってスタジオで歌ってほしいと言われた。とりあえず流れに身を委ねてスタジオでピアノを弾きながら自前の歌を披露したわけだが、その人はティーン雑誌向けのオーディションに私を出そうと目論《もくろ》んでいたようだ。その趣旨はパンクな精神性の自分とはまったく噛み合うものではなかったが、それ以前にその時点でなんとなく、私のイタリア留学が決まりそうになっていた。担当者のどこかスカしたノリもなんだか嫌だったし、結局それ以降作詞・作曲をすることはなかった。

そしてパンクな装いも終わる

昭和59（1984）年、17歳の私は、母親とマルコじいさんの企みによって油絵を学ぶためにイタリアへ渡った。本書の30ページにも記したけれど、イタリアへ発《た》つ当日か前日に山下達郎さんの新しいアルバム『The Theme From Big Wave（ビッグ・ウェイブのテーマ）』が出たばかりで、買ったばかりのカセットを飛行中もずっと聴いていた。ローマの空港に到着し、テルミニ駅までのバスでの移動の間、コロッセオなどを車窓に眺めながら聴き続けていたのは、達郎さんが歌うサーファー映画のサウンドトラックである。ローマの遺跡を見ると自動的に「ビッグ・ウェイブのテーマ」が流れてくるという現象は、これからも続くだろう。

音楽への思いは強く残っていたのに、現地では、あっという間に、音楽を聴くゆとりがなくなってしまった。つき合い始めた彼氏は音楽院で作曲を学ぶファゴット奏者で詩人だったから、パンクもニューミュージックも受け入れてくれなかった。私はクラシック音楽で育った人間だから、自分を彼に適応させることに問題はなかった。ただ。しばらく経《た》つうちにロックな曲はほぼ聴かなくなり、その代わり南米出身の友人が増え、通っていた文芸サロンで南米文学の本ばかり借りていたせいか、再び中南米の音楽ブームが訪れた。リズミカルなものよりも、ギターだけのインストゥルメンタル系が多かったのは、ガルシア・マルケスやオクタビオ・パスを読むのにマッチしていたからかもしれない。

キューバとブラジルで音楽三昧

留学時代、私はちょうどソビエトが崩壊し、周辺国からの経済制裁下にあったキューバにボランティアで行くことがあった。物資が枯渇している現地の学校に文房具を届け、動かなくなってしまった重機に代わって素手でサトウキビの収穫を手伝うというものだ。

その間ホームステイしていた家には、トロピカーナ・デ・クーバというハバナに昔からある国営のキャバレーにかつて勤めていたダンサーの女性が暮らしていた。私は毎晩ハバナ市内のライブハウスにその女性と連れ立って出かけ、時間があればサルサやメレンゲなどの踊りを仕込まれて、数々のバンドの生演奏を堪能しつつ音楽三昧な日々を過ごしていた。サトウキビ収穫のボランティアに来たのだか、踊りの練習に来たのだかわからないような状態になっていたが、食べ物もない、お金もない、未来も見えない、という辛《つら》い境遇に置かれているはずの国で、ありえないくらい毎日が忙しく、楽しかった。

それから数年後、私はリオ・デ・ジャネイロのイパネマ海岸から程近い場所にあるレストラン兼カフェで、そこで生まれたという「イパネマの娘」というボサノヴァの名曲を頭の中でリフレインしながら、通りを歩く人々を眺めていた。

実はリオ・デ・ジャネイロで美術史家をしている知人から、絵画の修復研究所をつくることになったので、よかったらそこで何か仕事を手伝ってくれないだろうかという提案があったからだ。その時、私はすでに息子のデルスと札幌で暮らしていたが、もうそろそろどこか日本ではない国に移住しようかなあ、と漠然と思っていた。そんな矢先の話だったので、リオ・デ・ジャネイロには様子を見にきていたのだが、滞在中はほぼ毎日どこかのライブハウスやコンサート会場に出かけていた。リオ・デ・ジャネイロは治安も良くなければ、日本からもイタリアからも遠い。でも、なぜか私はブラジルが肌に合った。

もし、その直後にベッピーノと出会っていなかったら、私は今頃ブラジルのどこかで漫画家とは違う仕事をして生きていたかもしれない。

ベッピーノと結婚した後は、比較文学を研究する彼の留学に伴って、最初はエジプト、その後はシリア、そしてポルトガルのリスボンに暮らすことになったわけだが、当初、ポルトガル語は私だけが話せた。ブラジル音楽に傾倒して原語で歌を覚えたことで、私はポルトガル語を自然に習得していたのである。その後、移住はしなかったが、ブラジルへは家族や友人を連れて何度も足を運んでいる。

点が線に……

平成24（2012）年、漫画家と吉本芸人の「大喜利《おおぎり》バトル」なるイベントに、なぜか女性ギャグ漫画家代表として参戦した時、漫画家のとり・みきさんとご一緒した。その前にも何度か漫画家同士の集いではお会いしていたのだが、軽い挨拶を交わしただけで、ゆっくり喋《しゃべ》ったことはなかった。ツイッターでつながっていたので、ときどき唐草模様にサングラスをあしらったとりさんのアイコンによるナンセンスな呟《つぶや》きを目にすることがあったが、音楽に絡んだ呟きを見つけると、毎回ハッとなった。呟きの内容から判断するに、とりさんの音楽の嗜好は私のそれと重なるように思えてならなかった。

その秋、「このたび達郎さんの『OPUS《オーパス》』（4枚目のベストアルバム）が発売された記念にカラオケ大会をやるから、ヤマザキさんも日本にいたら来てくださいよ」と声がかかり、当日は新宿のカラオケ店に達郎さん好きの漫画家が集まった。そのカラオケ大会には錚々《そうそう》たる漫画家たちが集まっていたが、皆どういうわけか絶対に達郎さんのメジャーな曲は選ばない。自分たちがどれだけ達郎マニアかをじわじわと見せつけるような雰囲気のカラオケ大会だったが、私は誰も選ばないので「ライド・オン・タイム」を堂々と熱唱した。

ちょうどその翌年だったか、『テルマエ・ロマエ』映画化に関しての著作権料の実態暴露問題で大騒動が起き、漫画の仕事も家庭内も大混乱に陥った。体調も崩し、ノイローゼのようになってしまった私は、もう漫画などやめてしまおうと本気で思っていた。もともとヒットを目指して漫画を描いていたわけではないし、映画化の話にしたって編集部でどんどん決めてしまったことである。もう日本には居場所もないと感じ、絶望的な気持ちで過ごしていた私に、支えとなる言葉をかけてくれたのがとりさんだった。

『テルマエ・ロマエ』最終巻の後半の背景は、実はとりさんが描いている。やる気をなくしかけていた私だったが、ナンセンス漫画のイメージしかなかったとりさんがものすごい画力の背景を送ってくれ、私はその絵をもっと見たくなった。それがきっかけとなり、私は漫画を諦めなかった。

『テルマエ・ロマエ』執筆中から次回作として構想していた『プリニウス』では、とりさんには陰のアシスタントとしてではなく、共作でやりましょうとお願いした。古代ローマという壮大なネタは2馬力でやったほうが絶対に面白いと、とりさんの背景の作画が加わってから痛感するようになっていたからだ。

そして気がついたら、とりさんとは漫画だけではなく、すでに彼が結成していたバンドにもヴォーカルとして交ぜてもらうことになり、今も都内のライブハウスや地方のイベントで、ブラジルやキューバ、イタリアのポップスからジャズといった、私の過去の経験を満遍なく汲《く》み取ったレパートリーを歌わせてもらっている。

ところで最近、私は竹内《たけうち》まりやさんの「まりやちゃん」というキャラクターのデザインをさせていただいたのだが、それも実はとりさんがきっかけだった。彼はもともと山下達郎さんのキャラクターデザインをしていたわけだが、ある日とりさんから招待されて達郎さんのコンサートに行く機会があった。楽屋でご挨拶をしたのを機に、徐々にこのご夫婦と、そして私と同じく美術畑の出身であるお嬢さんともお会いする機会が増えていった。そしてある日、デビュー40周年を迎えるまりやさんから、キャラクターデザインのお話をいただいたのである。

まりやさんを初めてテレビで見たのは、小学校6年生の時だった。何かの歌番組で大人っぽい服を着て自分の歌う番を待っている、その真面目そうでインテリジェンスを感じる佇まいが、どうもその場の雰囲気や周りの人たちとマッチしない。この女性の居場所はここではないのではないだろうか、大丈夫だろうか、という思いを子どもの分際でも感じるほどだったが、その後まもなく、あの北海道の団地の「タンノイ」のスピーカーで聴いていたシュガー・ベイブの山下達郎さんと結婚された。それを知った時は、然るべきふたりの出会いに子どもながらに安堵《あんど》したのを覚えている。それなりのものを持った人は、やはりそれなりの人と一緒になれるように、世の中はできているんだな、と納得できたからだろう。

10 大気圏の中で生きる

——貧しくても裕福でも、生き方は人それぞれ——

裕福ではない国の子どもたち

子どもをチヤホヤする経済的ゆとりのない国では、子どもは逞《たくま》しく成熟している。それは自分の今までの旅を振り返っても断言できる。エジプトでもシリアでもキューバでもブラジルでもフィリピンでも、私はそんな子どもたちと出会ってきたし、彼らを観察しているだけで多くのことを学ぶことができた。

数年前にNHKの番組の取材でマニラのスラム街を訪れた時、ゴミの山の中からお金になりそうなものを拾い集め、生活費に換えて暮らす人たちの姿があった。その中には小さな子どももたくさんいたが、誰ひとりとして自分たちの置かれたその状況を不憫《ふびん》であるとか不条理だと受け止めている様子はない。襟がよれよれのTシャツを着て、山のような空のペットボトルを両肩に背負って歩く彼らは確かに貧しいが、屈託のない笑顔には、欲求や不満などの陰りもない。大人たちはさすがにそんな笑顔で笑うこともなく、日々を生き抜くのに精一杯な様子だったが、世界がゴミの集積場だけではないことを知ってしまうと生きていくのが辛《つら》くなるのは当然だ。きっとこの子どもたちも漏れなくそんなふうに成長していくのだろうが、子どものうちはそんな環境下においてもひたすら自らの命を懸命に生きている。そして、ああいう子どもはかつて私が育った北海道にもいた。バラックのような長屋に暮らす子ども、また、刺青《いれずみ》の入ったおじいさんに育てられている子どももいたが、彼らは気丈でいつも明るかった。

何もないほうが想像力は旺盛になる

子どもはまだ自分を他者にどう見せよう、どんな人だと思われようということに、執着はない。もちろん一部にはスネ夫のような子どももいるが、大抵はあるがままの自分で過ごしているし、そもそも面倒なことはやりたがらない。買えないものは買えないし、無理なものは無理だと諦めて、お金をかけなくても満足できる方法をあれこれ考える。貧しさは、想像力を旺盛にさせる。

珍しい昆虫を捕まえる。近所の空き地で縄文土器を見つける。子猫や子犬を飼う。鉄棒で逆上がりができるようになる。雲梯《うんてい》で二段抜かしができるようになる。自転車で学区規制の外まで行ってみる。今思い出してても、自分を満たしていたものにはほとんどお金がかかっていなかった。ただし、『週刊少年チャンピオン』と、当時少女たちの間で大流行していたサンリオのキティちゃんなどのキャラクターグッズは例外だった。特にこのサンリオ商品の誘惑は、日本中の少女たちにとって耐えがたいものがあったと思う。私の手元にも、昔買った「パティ&ジミー」というアメリカの男の子と女の子のキャラクターの財布が残っているが、小学生の私にとっては現在のブランドものの財布以上に尊いものだった。それまで、物欲などなかった私までもがこれだけはどうしても欲しいと思うくらいなのだから、キティちゃんのその後の世界進出も含め、サンリオのパワーは計り知れないものがある。

他にお金のかからない充足の糧といえば、図書館だ。図書館から借りてきた本を家の机に積み重ねるだけで「こんなに読むものがあるなんて」と素晴らしい気持ちに酔いしれた。

昆虫の世界は私の礎

暮らしていた家の周辺には森も川も雑木林も草原もあった。家の中よりも外にいるのが好きだった私はいつの間にか、昆虫の世界に引き込まれていた。春になると地面に顔をつけて、草むらの中を歩く小さなウリハムシを観察する。それは私にとって同じ地球上の別次元の世界だった。

基本的に生き物はどんなものでも好きである。ヤツメウナギからタニシからザリガニからカエルからスズメに至るまで、地球上で自力で生きている生き物であれば、私にとっては全てが魅力的だった。だが昆虫は、さらにまた特別な存在だった。犬や猫とは意思を交わし合えるが、昆虫とは不可能だ。可愛《かわい》がってもなんの意思表示もないし、懐《なつ》いてもくれない。承認欲求もなく、生き物として地球と一体化したように生きているその生態に憧れた。自分も昆虫になって昆虫の世界を経験してみたいと、何度思ったかしれない。

5歳の時に母から買ってもらった昆虫図鑑の挿絵の精密さには驚いた覚えがあるが、絵描きになりたいなんて思いを抱き始めたのも、結局、図鑑がきっかけだったように思う。

普通の通学路を通っては帰らない

私は運動が嫌いだ。目的があって体を動かすのは好きだが、スポーツとしての運動にはまったく興味が湧かない。けれど、普段虫捕りと川での魚捕りで鍛えられていたからか、体育の成績は意図せずに良かった。短距離ではいつも代表選手に選ばれて、小学校体育連盟競技会なるものに参加させられたりしていたが、それは網を持ってトノサマバッタや蝶や甲虫を追いかけているせいで身についたスキルである。

学校から帰る時は、わざと道なきジャングルのような道を通るのが好きだった。これは中学生になっても続けていて、友人たちから「怪しい人に見えるからやめたほうが……」と忠告されたがやめなかった。親友で学年で学力トップだった奈々《なな》もそのジャングル帰宅仲間で、ふたりで「川口浩《かわぐちひろし》みたいだ」とはしゃいでいたのを思い出す。制服のスカートには地元の子どもらが「泥棒」と呼んでいた変な草の種が付着するが、構いやしなかった。跳び越えられる幅の小川にわざわざ丸太の橋を渡し、そこを通過する。最高だった。

ヤマザキさんと遊ぶのは危険らしい、という噂が小学校時代の友人たちの親の間で広まったことがあった。母が言うには、危険というのは要するに学区の外へ出たり、5時に鐘が鳴っても帰らなかったり、近所のゴルフ場の巨大電灯に飛んでくる昆虫を捕まえに行ったりすることであり、母はそれ以降も私の行動範囲にあれこれ言ってくることはなかった。北海道のような大自然が広がる土地にいるんだから子どもが多少野生児みたいになっても仕方がない、と思っていたという。母は自分が幼い頃、内向的だったので、娘がその日どこでどんな冒険をしてきたのかを聞くのが楽しみだったようだ。

人間よりも自然を味方に

家に帰っても母親がいない、その寂しさの反動もあったにせよ、私は自分が幼少期に孤独と向き合ったこと、そして大自然でその寂しさを癒やしてきたことは一生分の栄養になったと思っている。母親になって子どもに何をしてあげられるのか、教育熱心な親になれる自信も家庭的な親になれる自信も皆無だった。等身大以上のことをしたくなかったこともあるが、とりあえず子どもには人間より自然を味方につけた人になってもらおうという、自分の経験を踏まえた思いはあった。

日本に帰国後、息子の学校はわざわざ札幌の市内から少し離れた、大自然の中の過疎小学校を選ぶことにした。学区内のマンモス学校に子どもを通わせたくなかったのは、私自身がPTAなどのおつき合いに対して自信が持てなかったからだ。

学校は札幌市の南側に位置する大森林地帯に位置していたため、子どもは日々山の中で食べられる山菜を見つけたり、野鳥、昆虫、動物の名前を覚えて学校から帰ってくる。もちろん私としては大満足である。デルスの学年は全部で9名、しかも全員男の子。オーストラリア帰りのお子さんだったり、陶芸家のお子さんだったり、公務員のお子さんだったり、と多様な家庭環境も私を安堵させた。義務教育としての知識や教養はもちろん必須だが、本人が学業をライフワークにするつもりでなかったら、一生懸命にならなくてもいいと思っていた。大人になったら生きる辛さは否が応でも感じるのだから、その時のためにも、今は地球を満喫し、楽しさに比重を置いた生き方をしてもらいたかった。

私はといえば、都会でも大自然との境界線あたりに暮らし（現在の東京での仕事場もそういう場所にあるが）、漫画を描き、3つの大学で講師をし、イタリア文化に関連する事務局員をし、イタリア語を教えたり、テレビのグルメ番組や旅番組のレポーターをしたり、美術展のキュレーターみたいなことをしたりと、履けるだけの草鞋《わらじ》を履いた生活を送っていた。

ただ、デルスには私が子ども時代に体験した寂しさを感じさせたくなくて、出張などで留守をする時以外は彼の帰宅時間には家にいるようにした。デルスはひとりっ子だったので、賃貸契約では禁止されていたが内緒で犬を飼うことにした。団地に暮らしていた頃、禁止されていたにもかかわらず動物好きの母がよく野良犬や野良猫を拾ってくる人で、そんな習性が娘に受け継がれていたわけだ。ちなみにその犬は大型犬のゴールデンレトリーバーだったので、飼い始めて数か月で内緒にできなくなった。でも大家さんをはじめ周りは黙認してくれていた。

その頃、仕事を通じて仲良しになったアヴァンギャルドな北海道新聞の記者のご夫妻が、私も母も忙しい時はデルスを自分の孫のように（でも程よい距離感を保ちながら）面倒を見てくれた。彼らに世話になったのは息子だけではない。イタリアを離れた後も、文学や歴史、漫画から社会情勢に至るまで、あらゆる方面での知識欲を絶やさずにいられたのは、まさにこのご夫妻のおかげだ。いまだに息子は札幌へ行くと彼らに会いに行く。デルスという名前が『デルス・ウザーラ』から命名されたとすぐにわかった彼らは、デルスを可愛がりつつも人間社会よりも自然に愛される生き方を諭してくれていた。

軸がぶれない大地の子

私とベッピーノの結婚を機に、息子も小学校2年の時にシリアのダマスカスへ移住、その後はポルトガルのリスボンで残りの小学校と中学校、アメリカのシカゴで高校生活を送り、卒業後はハワイ大学に進んだ。どの国でもインターナショナルスクールではなく現地校に入れてきたので、彼の心労は相当なものだったと思う。幸い北海道での多元的な学校環境や、破天荒な親や祖母や友人たちと過ごしてきたせいで、デルスには「普通こういうもんでしょ⁉」というアベレージの概念が皆無だった。郷に入れば郷に従え、どこでもなるようにしかならない、と子どもでありながら諦観することも覚えたようで、よくあれこれ揉《も》め事でストレスを溜《た》める私やベッピーノに説教をすることもあった。

どこにいても、地球は地球。大気圏の外へ行って生きろというわけではない。シリアでもポルトガルでもアメリカでもイタリアでも日本でも、ちょっと森の中に入ればそこは国境などない自然剝《む》き出《だ》しの世界である。社会とは、この上に表面的につくられた形式上のものにすぎないのだという話をデルスとすることがあった。今でも彼はふらりと世界のどこかへ出かけていくのだが、どうやら人間だけの社会にいると、圧倒的に自然が優勢な場所へ行きたくなるらしい。必要最低限度のことだけは知ってもらいたかった私の子育ては、もうこの時点で完了してしまった。

11

地球人類みな兄弟

——昭和は多様性社会だった——

リスボンと昭和の小学校

リスボンで息子が通うことになった地元の公立小学校は、うちのベランダから門が見えるくらいの至近距離にあった。私立学校のような豪華さは微塵《みじん》もなく、中流家庭の子どもや移民の子ども、ありとあらゆる家庭の子どもたちが一緒に過ごす理想の教育環境だった。自分の思い通りにはならない社会の実態を学ぶのに、良家の子女ばかり集められたような学校では物足りない。

人間は生きていると様々な不条理や苦痛を経験していくことになるが、それは親が教えることではなく、子どもたちが自分の身をもって経験しなければならないことだ。デルスも見学に行った修道会経営の私立の学校よりも公立のほうが家から近くていいと言うので、即、秋からの転入手続きを進めた。学校ではポルトガル語の不自由な移民の子ども向けに補習授業も行っていて、それが無償だというのもうれしかった。

私が通った千歳《ちとせ》の小学校は、その頃の多くの公立の学校と同じく、子どもたちは多様性に富んでいた。

家が近所だったゆうこちゃんはお兄さんが3人いる兄妹の末っ子でおてんばだったが、女の子でありながら唯一、一緒に危険なブランコ乗りや滑り台からの飛び降り、川でのヤツメウナギ捕獲を楽しんでくれる子だった。

やはりご近所の美奈子《みなこ》ちゃんは、うちに遊びに来る時は必ず、お父さんがパチンコでとってきた景品のお菓子をどっさりと持ってきてくれた。たまに、ダンボール箱のまま抱えてくることもあって、お菓子が不足気味だった私と妹は大喜びだった。彼女の家はトタン屋根で決して裕福な佇《たたず》まいとは言いがたいものだったが、なぜか家族全員貧乏な様子もなく、美奈子ちゃんはいつも清潔で新しいジャージを着ていた。遊びに行くと美奈子ちゃんのお母さんはタバコをふかしながら「いらっしゃ〜い」とハスキーな声で迎えてくれる。謎の多い家だったが、美奈子ちゃんも家族もみんないい人たちだった。

同じ団地の住民である真紀《まき》ちゃんのお母さんは見るからに「夜の商売をしています」という感じだった。母親は「おデブ」というスナックを経営していて、店頭に「おデブ」という赤提灯をぶら下げている。真紀ちゃんもお母さんと同じくぽっちゃりしていたが、走るとものすごく速くて、私と同じく、毎年陸上競技会で短距離の選手に選ばれていた。

元ヤクザのおじいさんに育てられている、ボーイッシュで飄々《ひょうひょう》とした女の子もいたし、『ルミとマヤとその周辺』で子犬を取り合ったエピソードに出てくるアミちゃんと、同じ漫画の中で筆箱とミヤマクワガタを自慢していた街中の飲食店の息子であるミキヤくんが、のちに夫婦になったことも知った。

戦中から千歳にあった日本海軍の空港は、1950年代に「キャンプ千歳」として進駐軍に提供され、在日米軍部隊が置かれていたことがある。学校には日本人と白人の間に生まれた兄妹がいたが、彼らの父親はアメリカ人だった。ふたりとも繊細な顔立ちの子どもだったが、英語は一切できず、しかも態度が悪かった。家は真紀ちゃんのお母さんの「おデブ」からそう離れていない、板塀の古い家屋だった。中学生になって、女の子のほうは周辺の学校を恐れさせるスケバンになったらしいが、その後どうなったかはまったく知らない。

千歳には彼らのような子どもたちのほかに、市内から支笏湖《しこつ》へ向かう途中の集落に暮らすアイヌにルーツを持つ子どもたちもいた。私が仲良しだったのりこちゃんは美人でスタイルが抜群に良くて勉強もできたし、男子からとてもモテた。

団地は社会の縮図だった

奥さんを早くに亡くし、男手ひとつで軽度の知的障害があるマモルくんという息子を育てていた梶《かじ》さんは、「いつもマモルがお世話になって、ありがとうございます」とみんなの家にきちんと挨拶をして回る律儀なおじさんだった。カルストーンという千歳で産出される軽石加工場に勤めていて、いつも作業着姿だった。マモルくんは、当時15、16歳だったと思うが日中はどこかの工場で働いていて、ピンクレディーが大好きだった。マモルくんは全開にした窓辺にラジカセを置き、そこから団地の敷地中に向けてピンクレディーの曲を爆音で流していた。皆にこの上ないエンターテインメントを奉仕していると確信しているマモルくんは、ラジカセに両腕をついてうれしそうに音楽に合わせて揺れている。ああ、今日も始まったと思うのだが、誰も彼に文句は言わなかった。ある日私はオフで家にいた母に「ピンクレディーうるさい？」と聞いてみたことがある。母は「仕方がないわよ、好きな音楽は大きくかけたくなるものなのよ」と諦めていた。

団地の住民の中には小学校の娘ふたりに留守ばかりさせて忙しく働く母を責める人もいたけれど、サポートしてくれる人たちもいた。2階に住んでいた中村《なかむら》さん一家はいつも好意的で、当時中学生だった泰子《やすこ》お姉さんは夜に私と妹の様子を見にきてくれたりと面倒見がよく、彼女はやがて母からヴァイオリンを習うようになった。

昔のアルバムを見ると、団地の人たちと一緒に撮った写真がずいぶん残っている。最上階の4階にいた警察官の村上《むらかみ》さん一家と母は特に仲良くしていて、娘さんのユキコちゃん、レイコちゃんという姉妹に母はヴァイオリンとピアノを教えていた。

他には、写真館をやっているミエコちゃん一家も団地の住民だったが、彼女もやっぱり母からヴァイオリンを習っていた。

航空自衛隊の官舎の人たちは転勤族で、子どもたちはみんな比較的学力が高い。私は、そこに引っ越してきた子とも仲良くしてはいたが、親の監視がない私は自衛官の家庭では要注意人物となっていたようだ。その子たちは自転車で学区外まで探検に行ってはいけなかったし、川でヤツメウナギを捕るのも禁止されていた。何より官舎の子どもたちのお母さんは、ほぼ皆専業主婦で在宅だったので、商売をしている家庭が多い団地の住民やその子どもたちとの生活の格差は歴然としていた。でも、そんな官舎からも、徐々に母にヴァイオリンを習う子どもたちがあらわれた。

自衛隊官舎に遊びに行くと羨ましかったのは、家に内風呂がついていたこと、トイレが洋式だったこと。お母さんがいつもいたこと。そして夜には宿題を見てくれるお父さんがいたこと。でも外遊びにガミガミと規制をかけられるのだけは勘弁してほしかった。

昭和のご近所づき合い

昨今ではご近所同士の食べ物のお裾分けも、材料や調理環境の不透明さを気にする人が増えてあまり推奨されなくなっているらしい。あの、なんでもかんでも隣近所と食べ物を分け合っていた昭和の時代が別次元のように思えてくる。私など、子ども時代は母が作った料理よりも2階の泰子お姉さんが持ってきてくれるおかずで成長したようなものだが、今なら考えられないことなのかもしれない。

団地や町内会でのレクリエーションも盛んで、山登りやら遠足やら運動会やら、年間行事が多かった。町内運動会であれば学校のとは違ってもっと適当だったし、景品が豪華だったので母がいなくても妹としょっちゅう参加していた。何かの競技に参加してもらえた賞品は一升瓶の日本酒だったが、どこかのおじさんに頼まれて彼の賞品であるデパートの商品券と取り替え、ものすごく得した気分になった。

毎夏の盆踊り大会も盛大に催されていたが、そこには団地中の住人だけではなく自衛隊官舎の人たちも皆一斉に参加していて、和気藹々《あいあい》楽しそうに踊っていた。ピンクレディー好きのマモルくんは人一倍張り切っていて楽しそうだったが、櫓《やぐら》の周りで踊る息子をジャングルジムの上に座って眺めているうれしそうなお父さんの顔が、私の記憶に焼きついている。

いろんな家の人たちがいたが、昭和の時代にはそんな「人間の小宇宙」があたりまえのようにどこにでもあったのではないだろうか。

息子のリスボン学校生活

話をリスボンの小学校に戻すが、デルスはこの学校に通い始めて早々、クラスのジャイアン（ボス）に因縁をつけられてパンチを食らい、泣きべそをかきながら帰ってきたことがあった。話を聞くと、言葉ができない代わりに得意の折り紙をやってみたところ、女子がたくさん集まってきたのだという。デルスなりのクラスに帰属するための努力だったわけだが、ジャイアンにはそれが気に食わなかったらしい。「まったくのび太とジャイアンだな！」と半ば笑ってしまったが、私はすぐさま腕をまくり上げて、いじめたジャイアンの家に怒鳴り込みに行くと息巻いた。ところがデルスはそれを見るなり「やめて！　これ以上騒ぎをでかくしないで！」と猛反対したのだった。

翌朝、私はデルスと一緒に登校し、ジャイアンはどいつだと教えてもらった。確かに小太りの、いかにもボス的なオーラを放っているが、気は良さそうだ。私はジャッキー・チェンばりに腕を組んでジャイアンを睨《にら》みつけ、下校時にも校門前で、仁王立ちとなって息子を待った。ジャイアンはもうそれ以上デルスをいじめることはなかった。担任の先生によると、いじめっ子の父親は麻薬常習犯で家庭に問題があり、学校の問題児だという。一緒にその話を聞いていたデルスは感慨深そうにしていた。

数か月後、息子の誕生会を我が家で開いて小学校の友だちを招いたところ、ジャイアンもやってきた。我が家は日本式に玄関で靴を脱いで並べていたが、それを見てみんなも黙って靴を脱いで揃《そろ》えていた。ジャイアンの靴下には大きな穴が開いていたが、本人も周りも気にする様子はなかった。

多様性を受け入れることの重要性

ポルトガルには旧植民地から移民として来たたくさんの人種が社会に入り交じっている。宗教も文化もそして家庭内の習慣も皆それぞれだ。それでも社会という群れを形成するには、そういった複合的な状況にいちいち戸惑ってなどはいられない。ポルトガルだけではなく、欧米はどこもそうした混沌《こんとん》と人々は共生している。

島国に生きる日本人に、大陸に暮らす人々とはまた違ったメンタリティが育まれるのは自然の摂理だと思っているし、国はやたらとグローバリズムを掲げるが、文化や民族の混沌に慣れていない日本人にとっては簡単なことではないはずだ。日本特有の村八分や陰湿ないじめも、ある意味日本という風土が生んだ独特な国民性だと言えるが、第二次世界大戦で全てが崩れた後、生き延びることに必死だった日本人は、あらゆる事情や環境を受け入れていかなければならなくなった。

昭和の大きな特徴は、きっとそこにある。私が子どもだった頃の日本人は、世の中には思い通りにならないこと、見たことも聞いたこともないこと、とんでもない不条理なことが、てんこ盛りにあるのだということを、身をもってわかっていた。

団地に住んでいた頃の母も最初は周囲の奥さんたちから、小さな娘ふたりをほったらかしにして働くことをあれだけ非難されたのに、気がついたら皆の子どもたちにヴァイオリンを教えるようになっていた。多様性を受け入れるのには時間がかかるし、エネルギーもいる。けれど、そんな壁を乗り越える努力を惜しまなかったのは、日本が何もなくなってしまった状態から本当に大変な思いをして這い上がった、その経験がまだ皆の中に残っていたからかもしれない。

混沌と不条理、疑念。差別や偏見だってもちろんある。でも、そういった感情のあり方と向き合ってきた人たちは、都合の悪いことをなんでもかんでも簡単に排除しない。なぜなら、時にその都合の悪いことにも高い栄養価があるのをわかっていたからだ。昭和はそんな人たちでつくられていた時代だったとも言える。

12 昭和流のいじめ

―いじめっこのバックグラウンドが見えた時代―

息子がハワイ大学で……

ハワイ大学に通う息子からの電話の声が、心なしか元気がない時があった。何があったのか執拗に問いただしてみると、大学で一緒に人工衛星のプロジェクトを組んでいる仲間が、何か失敗があればデルスのせいにしたり、連絡事項をデルスにだけ伝えないなど、意地悪をするのだという。

デルスは「でも慣れてきたからもう大丈夫。教授もわかっていてときどき自分の話を聞いてくれる。ただそれがまた連中をイラつかせるみたいだけど、どうでもよくなってきた」と強気だが、私は思わずそんなプロジェクトなどやめてしまいな、と提言した。デルスは「無理言うんじゃないよ、自分が抜けたら衛星のパラシュートが開かなくなる」と、冷静だった。「なんでもすぐにやめろって言うけど、そんなふうにして生きていくのはやだよ。やることだけはやります。どうせあいつらといつまでも一緒というわけじゃないんだし」と言い、つけ加えた。「あのね、言っとくけど差別はどこにでもあるよ。なくなることはないと思うし、人間ってそういう生物なんだよ。差別を本当になくすためには相当努力をしなきゃいけないと思う。そう考えれば気が楽になるよ」とひとりで立ち直って、会話は終わった。

あの当時のいじめの質

いじめや差別は古代から蔓延《まんえん》している人間社会の疲弊である。人間という生き物の性《さが》だと言っていい。いじめが良い悪いという次元以前に、人間は自分たちのコミュニティに同化しない者を排除せずにはいられない生き物なのだ。それを後天的な知識として身につけた倫理で制御しようとしても、完全になくすことまでには至らない。ましてや逃げ場のない日本のような島国という土壌においては、群れに馴染《なじ》めない人間は村八分という制裁を下される。学校内のいじめも村八分なわけだが、私のころは今のいじめとはちょっと方向性が異なる質のものだったように記憶している。

中学校の時同じクラスだったKちゃんには、今思えば発達障害の傾向が見られた。滑舌も悪く、文字をうまく読み書きできなかったり、仕草も独特だった。周りの女子のようにお洒落《しゃれ》にも関心がなく、自宅も裕福ではなかったので彼女自身も新聞配達をして家庭の生計を支えていた。皆そんな彼女を逞《たくま》しく思いつつも、自分たちの仲間に入れることはなかった。

Kちゃんがうまく文字を書けないことをクラスの女子たちはからかっていたが、Kちゃんは、それを嫌がっている感じでもなかった。女子たちは彼女に違和感を覚えつつ、仲間にも入れないのだが、無視したり気持ち悪がったりという排除する行動にまでは出ない。皆でKちゃんの家に遊びに行ったこともあるが、簡素な長屋風の市営住宅の中には幼い兄弟3人とおばあさんがいて、私たちは彼女をからかったことを反省した。その後もKちゃんとのスタンスは変わらなかったけれど、彼女が文字を書けなかったり滑舌が悪いことを笑ったりすることはなくなった。

スカートの長い不良風の女子、リーゼントに丈の長い学ランを着た不良男子、Kちゃんのような発達障害の女子、頭がむちゃくちゃ良い男子、野球部のキャプテン、アニメや漫画が好きなオタク男子の先駆け、老舗温泉宿の息子、親が医者の男子、聖子《せいこ》ちゃん風のアイドル的女子、真面目な女子。40人足らずのクラスの中には、とにかく様々な子どもたちがいたが、そんな多様なバックグラウンドを抱えた人間たちが、気が合う合わないは関係なしに毎日一か所に集まって、同じ時間と空間を共有するのである。なかなか画期的なことである。

小学校時代も中学校時代も、社会的に立場が弱く、あまり目立つことのない男子に好意を抱かれることが多かった。なぜだろう。「馬子《うまこ》」とあだ名をつけられるくらいアクティブだったところが好かれていたのだろうか、どこか弱気な男子に好意を持たれる傾向は現在まで続いている。

中学のブラスバンド部で初体験したシカト

いじめといえば、中学校1年生の頃、10歳から習っていたフルートが活《い》かせるという理由で、周りに勧められてブラスバンド部に入っていたことがある。基本的にそれまでは少数単位であってもグループでの行動が苦手で、屋外で駆けずり回ってばかりいた私にとって、人生初の部活は正直馴染めない環境だった。文系とはいえ組織のノリは体育会系で、先輩後輩という階級も苦手だった。しかも、やはり学年男女別にコミュニティができていて、当時の部長の妹が1年生女子を仕切っていた。彼女は気に入らない人がいると「明日からあの子はシカトね」という伝令を送る。それに従わないと、その子もシカトされるという仕組みである。

その子はブラスバンド入部時は私と仲良しだった。ご近所に住んでいた彼女は私の家に何度も泊まりに来たこともあるし、母のいない夜、変ないたずら電話がかかってきた時には、彼女とお母さんが心配して訪ねてきてくれたこともあった。

しかし、ある日ブラスバンドの1年生女子の間で私をシカトする伝令が下された。理由は、中間テストで皆勉強をしないことと約束をしたのに、マリは実はみんなに内緒で勉強していたらしい、というよくわからないものだった。まあ、1年生女子は順繰りに皆何かとこじつけられてシカトされるので、私の番が回ってきたかくらいにしか思わなかったが、正直、それで一気にブラスバンドが嫌になった。部活に充てている時間があるならもっと家で本を読むとか昆虫採集に行くとか有意義なことがしたいし、クラスの友だちからも「やめちゃえ」と勧められて速攻で退部届を出した。でも、一時的にでもブラスバンド部にいたおかげで、その後ヴェルディやレスピーギといったイタリアの作曲家のクラシック音楽にもはまり、そんなメリットも踏まえればああいう特殊な環境における特殊な経験もしておいて良かったと思っている。

とはいえ、今思い出しても、前日まで仲良しだった女子たちが、うろたえながらも私の語りかけを無視したり、目を合わせない、あの感じは実に嫌なものだった。宗教的拘束のない日本では「倫理」は世間体であり、その戒律は厳しい。聖書のような記録に文字として記載されているものでもないし、しかもその概念は時代によって流動する。要するに空気をしっかり読んでいないと、うっかり戒律に反してしまいかねない。人々は日々、この世間体という透明な法に従って、周囲に違和感を与えないように生きていかねばならないわけだが、あの小さないじめは、まさに日本における人間社会の特殊性を象徴するものだった。

そもそも私は自分も自分の家族も本質的に変わっていることに気がついていたし、カメレオンのように周りと意欲的に同化することに積極的ではなかったので、クラスでも最初から根本的に異質な人間だと捉えられていた。嫉妬や妬みの対象になるような存在でもなかったので、クラスではいじめられることはなかったが、皆と仲良くしていても、どこか自分との間に潜在的な境界線が引かれているような感覚は常にあった。でもあの距離感によって私は「ひとり」という感覚を恐れることがなくなり、むしろ強化することができたと思っている。若いうちに人間社会の不条理と向き合ったことが、その後のイタリア生活でも大いに役立った。

13

24時間、働けますか

——昭和の仕事人——

屋根つき市場は情報交換の場

今は下手をすると今日一日誰とも喋《しゃべ》らなかった、という日もあるのだが、コンビニが普及しておらず、スーパーマーケットの数も圧倒的に少なかった昭和では、そうはいかなかった。買い物に出れば店の人との会話は必至だ。しかも地元の商店街などは、SNSのなかった時代には格好の情報交換の場でもあった。

地元にはデパートと称する、要は屋根つき市場があって、そこには八百屋さんから鮮魚店、精肉店、米屋さんに金物屋さん、衣料品店などが出店していた。あの雑多な市場感は東南アジアから中東、欧州、南米に至るまでどこでも皆同じ雰囲気になる。申し合わせたわけでもないのに、市場がそっくり似たような様子になっているのは興味深い。

今でも他国で屋根つきの市場に入ると、子どもの頃を思い出す。特に発展途上国では幼い子どもたちが親を助けて荷物を運んだり、店の商品を並べたりしているのを目にするが、日本の商店も戦後はあんな様子だったはずだ。

小学校の同級生の遠藤《えんどう》くんの家は滝之湯《たきのゆ》のそばの薬局だったが、ときどきなぜかまだ子どもの遠藤くんが店番をしていることがあった。子どもの就労はもちろん当時だって禁止されていただろうが、子どもが親を手伝って店番するくらいのことはあたりまえの日常だったように記憶している。

音楽で生きることを決めた母の働き方

母は札幌交響楽団の創立時に女性の第1号として入団したらしいが、当時女性が音楽で生計を立てるというのは世間的には認めがたいものがあったようだ。神奈川の両親はもちろん大反対したが、そもそも楽器を母に習わせたのは彼らである。そう反論すると「嫁入り道具程度の気持ちだった」と返され、熱い音楽愛を持っていた母は余計にがっかりしたという。とにかく、石橋を叩いている場合ではなかった。

母は「北海道の音楽開拓者」を自称していた。まず、楽器演奏などの技能を普及させていくこと、そして北海道という土地でクラシック音楽の素晴らしさを広めること、そんなフロンティア精神は母を高揚させていたはずだ。母はオーケストラの仕事がない時は、北海道のどんなに人里離れた遠い場所であっても、ヴァイオリンを抱えて教えに向かった。

開拓者というより、伝道者のほうが正しい表現かもしれない。

演奏家として第一線から退いた後は、北海道に音楽家を招くプロモーターとしても活動していたし、子どもから大人に向けてのヴァイオリンの稽古は80代になっても続けていた。

私が子どもの頃、母は月に1〜2回家でゆっくり過ごせるかどうかというモーレツな働きぶりだったけれど、あの頃の母は自分が一生懸命開拓して耕した土壌に、生命力豊かな農作物が芽吹く様子を目のあたりにするのが楽しくて仕方がなかったようだ。

自分が心地よい働き方

数年前に『仕事にしばられない生き方』という本を出したのだが、それを読んだ友人から「なんなのこのタイトル、あんた仕事にしばられまくっているじゃん」と苦笑いをされた。確かに今の私はどういうわけか日々忙しい。そばで見れば見苦しいほど忙しそうなのかもしれないが、もともと短距離出力燃焼タイプの私には、実はこの働き方が心地よかったりする。夫からは「君はワーカホリックだから病院で診てもらったほうがいい」と何度言われたかしれないが、これは日本人だからというよりも、私個人の性質の問題だ。

しかもいくつかの仕事を同時に進めることで、逆に意欲が増す。漫画を長く描き続けていくためには、同時にエッセイやコラムも書き、ときどきテレビに出たり講演会をしたりする必要がある。様々な仕事が他の仕事へのエネルギーになる仕組みだが、あまり理解してくれる人がいない。

私が現在連載している漫画は古代ローマと古代ギリシャ、そしてルネサンス期のイタリアが舞台になっているが、これらのストーリーを構築していくうえでの、考証が楽しい。漫画のためだということを忘れて本を読むことに没頭してしまい、時間を見て焦ることもたびたびある。でもその焦りが実はまた心地よかったりする。母に「あなたは苦労を自ら背負い込む人だ」と言われてきたが、世の中で流れている時間と自分が生み出す時間のせめぎ合いがモチベーションを上げる、というのはある。

体力と気力が必須な漫画家の舞台裏

漫画を15時間くらい続けて描いていると、まず腰が痛くなるし、肩こりは限界を超える。そのうえ足は浮腫《むく》むし、最悪な場合は膀胱炎《ぼうこうえん》になったりする。没頭していると、トイレに行くことを忘れてしまうのだ。夫には「頭の病気だから病院へ行け」と言われるので体の調子が悪くなっても何も言わないが、漫画の仕事は体力がなければ続けられない。日本にいる間は仕事場の近所の鍼灸院《しんきゅういん》へ行って揉《も》んでもらったり鍼《はり》を打ってもらったりしてなんとかやり過ごす。でも私の体力回復法の基本は入浴だ。今も1日3回入っているが、周りには「あんた風呂で死んでそう」などと不安がられたりする。まあ、それはそれで、そんな死に方をしたら逆にウケるだろう。「本望の死に方だ」と言われるのは目に見えている。自分には死へのイデオロギーはない。どんな死に方が理想だなんて、考えてもナンセンスだと思っている。今までに何度も死にかけた身としては、死にこだわりはない。ただ生きている間は存分に生きていたい。

イタリアで漫画を描く決意をした私

そもそも私はなぜ漫画を描こうと思ったのか。

油絵ではまったく食べていけず、しかもシングルマザーで子どもを産んでしまってこの先どうしていこうかと戸惑っていた私は、アカデミア時代の友人に「日本だったら漫画という仕事の選択肢があるじゃないか」と勧められて、初めて漫画を描いた。今思うと信じられない動機だが、漫画の仕事は自分と遠くなってしまった日本との接点をつくる社会的な職業だと私は捉えていた。それに手元には日本からの留学生が置いていったつげ義春《よしはる》さんや花輪和一《はなわかずいち》さん、そして高野文子《たかのふみこ》さんや大友克洋《おおともかつひろ》さんの漫画があった。漫画の世界観や領域の広さと深さをそれらの作品で知っていた私は、自分のようにまったく漫画を描いたことのない人間でも描ける可能性があるのではないかと、生活の必死さとおごりの混ぜ合わさった気持ちに高揚した。

北海道の母になんでもいいから漫画雑誌を数冊送ってくれと頼んだところ、漫画誌の『mimi《ミミ》』が送られてきた。表紙が大和和紀《やまとわき》さんの『あさきゆめみし』だったか、とにかく漫画を読まない母はきれいな絵ということでその雑誌を選んだのだろう。とにかく、描いた漫画を応募する術《すべ》を知りたかっただけなので、それがどういう読者に読まれる漫画なのかは重要ではなかった。

つげ義春さんや高野文子さんの漫画を参考に、セリフよりも絵で見せる不思議な漫画を、生まれた子どもを抱えながら描き上げた。主人公は全員ブラジル北東部のブラジル人で、大好きなブラジルの音楽をどう絵と物語で見せようか試行錯誤したチャレンジングな内容だった。しかもそれを新聞紙でくるんで『mimi』編集部に送ったのである。後に聞いたところによると、編集部はどよめいたそうだ。とりあえず生きていくための執念が届いたのか、新人賞では努力賞に入選させてもらい、日本との社会的接点を得られたという感覚に勇気を持った私は、賞金の10万円で日本への航空券を買って、息子を連れて帰国したのである。

漫画作品にとりかかるプロセスとして、私はまず文字を起こすことから始める。新人賞に応募した時もそうだが、文字を起こしたほうが想像した世界はより鮮やかに具体性を帯びるからだ。

今連載をしている漫画は3本だが、深く考えすぎると先に進めなくなってしまうので、煮詰まったら、何かまったく関係ないことをする。例えば掃除。例えば風呂。例えば飼育している昆虫の観察。そうすると脳の動きが活発になり、その後の作業の質も良くなる。なんでもがむしゃらに打ち込んでいればいいというものでもない。

漫画を楽しく描くために他の仕事をする

数年前、『プリニウス』の共作者である漫画家のとり・みきさんが所属していたバンド「エゴサーチャーズ」に交ぜてもらうことになった。とりさんとは音楽の嗜好《しこう》が幅広く合う。私が子どもの頃から聴いていたマニアックなブラジル音楽や、イージーリスニングにも詳しいので、そういったマニアックな曲を歌わせてもらえるのはありがたい。クラシック音楽の道には進まなかったが、ピアノやヴァイオリンを習わせられたことも、ここにきて役に立っている。

それに音楽と絵のイメージは私にとっては切り離せないものだ。音楽を聴いたり演奏することで、絵を描く意欲が触発される。漫画を描くためにも、音楽活動は大切なのだ。しかし、日本人は仕事でもなんでも一途《いちず》に打ち込むのが好きな国民だ。私みたいに漫画を描きながらエッセイやコラムを書いたり、テレビに出たり、音楽活動をしたり講演会で喋ったりしているのを見ると、腑《ふ》に落ちない人もいるらしい。

新型コロナウイルスの件で、テレビで喋る機会が増えた際には、「あの人は専門家でもないのに、どうしてこんな番組に出ているのだ」とか、ナショナリズムを語る真面目な番組に出た時は「こんな女性漫画家を出すなんて、逆に冒瀆的でかわいそう」などというSNSの書き込みもあった。

人というのは、どうしても自分の見たいように、思い込みたいように、解釈したいように他者を捉えようとする。だから自分の想定した規格に合わない人物が現れると、対処に戸惑い、苛立ちを覚える場合もある。そうした視野の振り幅を極力しぼった狭窄的なものの見方は想像力を怠惰にし、いじめや戦の発生の起因にもなりかねない。

社会的な立場や役職でその人となりを決め込むのは楽だが、それに慣れてしまった社会がバランスを崩すのは歴史を振り返れば一目瞭然である。思い込み通りではないものも受け入れられる社会と人間の熟成は、想像力の修練なしにはあり得ない。

死ぬまでに達成したいことはなくなった

死ぬまでにはこれがしたい、などという野望や願望は、正直何もない。昔は「これを描くために生まれてきたんだと思える作品を残したい」と思っていた時期もあったけれど、いつの間にかそんなことも考えなくなった。何を描こうが何を残そうが、とにかく日々自分の中でつのる表現への欲求を溜《た》め込まず、ストレスにならないように生きていければもうそれで十分だ。

若い頃に感じていた自我への固執や、存在するからには理由がある、なんてこともまったく考えなくなってしまった。夫や息子が仏教に影響を受けて、そんな話ばかりするから私も影響されてしまったのかもしれないが、そうだとしても、自我に執着しないという思念は様々な経験を積んできた今の自分にしっくり馴染《なじ》む。養老孟司先生のところで顕微鏡で昆虫の細部を見たり、自分の家でも昆虫を飼育したりしているうちに、昔、自分が昆虫の仲間になりたがっていたことを思い出した。彼らは地球の土や樹木や自然の中の有機物を食べ、環境の中の事象と共生し、一生を全うする。人間だから昆虫的な生き方は無理だが、どんな仕事をしていようと、それくらい簡潔に生きていきたいものだと思っている。

フィレンツェの留学時代は、朝4時頃に寝るのがあたりまえだった。もともと睡眠時間は短く、昼寝もしない。周りは心配するが、どうも短時間でも熟睡しているようだから、心配はしていない。寝ている時は微動だにせず、呼吸も止まっているかと思うくらい静かなので、死んでいるように見えることもあるらしいが、それくらい深く寝ているということだろう。静かな寝息は立てているらしいから病気ではない。

お風呂はイタリアにいても日本にいても1日3回は入る。締め切りが迫っている時ほどまめに入るのは、入浴すると脳内老廃物が浄化する感覚がはっきりとわかるからだ。脳科学者の中野信子《なかののぶこ》さんにその話をしたら「セロトニンが出ているってことですね」とおっしゃっていたが、セロトニンは人を幸せにする分泌物らしい。古代ローマ時代、元老院の人たちが大事な話を風呂でしていたというが、確かにお湯には人間に癒やしと寛容をもたらす効果がある。かといって私は入浴中は何も考えていない。マインドフルネスというのがあるが、あんな感じで頭を無にして、完全に自分の思考を〝停止〟させるのだ。

そういえば子どもの頃、「バスクリン」という入浴剤が発売された。今の日本には信じられないくらいの種類の入浴剤があって、気になるものがあるとつい購入してしまう。アロマ系のものから温泉成分を再現したもの、そしてズバリ温泉地の湯の花。最近気に入っているのは硫黄の臭いのする岩塩だが、硫黄は私にとってのアロマである。でも、硫黄風呂から出てくると大抵イタリアの家族には「臭い、近寄るな」と言われてしまう。残念だ。

イタリア人には理解できない漫画家の働き方

ベッピーノと結婚した時、私はまだ漫画だけでは食べていけなかった。ときどき漫画の仕事もしていたが、「ハーレクインロマンス」を漫画化するとか、内館牧子《うちだてまきこ》さんの作品を漫画にするといった原作つきの仕事が多かったし、あとはイタリアの家族との出来事をエッセイ漫画にする程度だったが、ある日同人誌で描いていた古代ローマ人漫画の延長として描いた『テルマエ・ロマエ』が売れ出してから、私の人生は変わった。

その頃、ベッピーノはシカゴに単身赴任しており、私はリスボンでこの人生の節目と向き合い、ご近所に住んでいた友人のIさんにアシスタントをお願いしながら、原稿に振り回される日々が始まった。

1年後にシカゴに移った時には、私は5本も連載漫画を抱え、トイレにも立てない状態が続いていた。しばらく見ないうちに様子がおかしくなっている私を見てベッピーノは不安がり、そして病気になったんじゃないかと疑うようになった。実際、病気になってしまったが、今思えばあんな心身のコンディションで健康でいられるわけがなかった。

ベッピーノは勤勉な学術研究者だったが、家族との休息を何より重んじる典型的なイタリア人だったし、経済的に困った経験がないので、そこまでして働く意味がわからないのも仕方なかった。何より日本の漫画家の労働実態を知らないし、その実態を知ってもらおうと藤子不二雄《ふじこふじお》Ⓐ氏の『まんが道』などを見せながら実情を説明しようと試みても「これは要するに病気ってことなんじゃないか」と理解に苦しんでいた。

けれど、貧乏学生時代からどんなに絵を描いてもお金にならず、漫画家を始めてからも描きたい作品が増えてもそれを仕事につなげられなかった私にとって『テルマエ・ロマエ』のヒットは千載一遇のチャンスだった。40代半ば近くになろうとしていたし、今やらなかったらいつやるんだ、という思いもあった。

そんな矢先、映画化された『テルマエ・ロマエ』の著作権の契約を巡ってちょっとした騒ぎが発生し、夫婦仲は険悪になり、離婚の危機にまで至った。何事も合理主義的な見通しの良さを求める西洋の人間に、日本での空気を読むなどの曖昧な物事の判断は理解できず、裁判をするべきだなどとイタリアの家族とアメリカの友人から毎日言われ、日本は日本で著作権料の金額を開示したことで大騒ぎになってしまった。

私は疲労困憊《こんぱい》し、漫画家をやめようと思うようになっていた。リスボンで描いた『テルマエ・ロマエ』の最初の1話が雑誌に掲載されたお祝いでレストランに皆で行った時の、あの静かで素朴な漫画を描く喜びはもうどこかへ吹っ飛んでしまっていた。そうこうしているうちに私は体調を崩し、シカゴの病院で「しばらく仕事を休みなさい」とドクターストップがかかってしまったのだ。

私たち夫婦は、息子のハワイ大学への進学と、夫のシカゴ大学の契約満了に伴い、いったんイタリアへ引き揚げることを決意。私はできる範囲で仕事を休み、縮小した。研究分野での熾烈《しれつ》な戦いと非人間的な学者生活に疲れた夫も大学での研究職にひと区切りをつけた。私たちはイタリアへ戻ってとことん眠り、体を休める生活を送った。

イタリアへ戻って体力と気力を復活させた私は仕事を少しずつ再開し、夫は友人とローマで小さな出版社を立ち上げた。ただ、夫の手掛ける出版物はテーマがマニアックすぎてほとんど売れない。出版業界の厳しさを目のあたりにし、次第に私の仕事に理解を示すようになってはきたけれど、漫画家の働き方は、イタリア人にとって最も理解しがたいもののひとつだということは、あまり変わらない。相手の価値観を変えるということは、容易なことではない。しかし、それでもお互いがそれぞれの考え方を譲歩しなければ、やがて受け入れざるをえなくなる。夫婦というのはそうやって成立していくものだということを実感した。

私は日本とイタリアを往復しながら、日本では程よく〝多忙〟な時間を、イタリアでは相手を安心させるために〝非多忙〟な時間を確保できるように調整していったが、そうこうしているうちに母が倒れ、今は何があってもすぐに動けるよう日本を拠点にして生活するという状況に至っている。

昭和的な私の仕事の仕方

夫は再び働き方を変え、今はパドヴァの高校で教師をしている。夫婦関係がすっきりと解決されたかといえば完全にそう言い切れない部分もあるけれど、夫は私の東京での住まいをとても気に入り、学校が休暇に入るたびに日本へ飛んでくるようになった。コロナ禍となり、今はそれができなくなってしまったが、そもそもお互いの生活リズムの違いを認識し、距離があってあたりまえだと思っていた身には、会えないこともそれほど大問題にはなっていない。

だが、正直、現在のオーバーワーク気味な自分の働き方を全面からポジティブには受け入れがたい思いもある。先述したように、多様な仕事を手がけること自体が自分の活力にもなっているのだが、限界はある。息子が大学に通うハワイに何度も行っていながらビーチで泳いだことすらない。毎年沖縄の北部に滞在するのが習慣になっているが、そこでも仕事をしっぱなしで、外に出られない日もある。イタリアの夫のもとへ帰っても、彼がいない隙を狙って仕事をしなければならないような現状は、正直辛《つら》い。スケジュールの管理を調整してくれるエージェントが間に入ってくれてはいるが、それでも忙しい状況に変わりはない。親しい友人からは「なんでもやろうと思わないで、仕事断りなさいよ」と露骨に指摘されるが、自分の勉強にもなりそうな面白い提案だとどうしても断れないのだ。

かつて手塚治虫《てづかおさむ》氏が「案だけは山のように出てくるけれど時間と手が追いつかない」とおっしゃっていたが、正直に言うと、私も手塚先生と同じ気持ちになることがある。描きたいものは山のようにあるが、多分それら全てを実現させるのは無理だ。何よりこうして半世紀以上生きていると体力にも限界が生じる。それでも良い作品を創作したいという渇望と勢いは、昭和一桁生まれで大きな戦争を経験し、高度経済成長期を経てきた母とシンクロする。でも、それこそが賢明に生きる大人の姿であり、「やれる時にやれることをやる」というポリシーに突き動かされていた彼女をあたりまえだと思って見て育ってきた。つまり、私の仕事に対する捉え方は、昭和の高度成長期の生き方を完全に引きずってしまっているということになる。

14 孤独を自力で支える家族

——離れていてもつながっている共同体——

小3の時の香港行きの真相

私が小3の時、母から「香港《ホンコン》のオーケストラに移籍するために引っ越すかもしれないから」と言われ、冬休みを利用して香港に行ったことがあった。香港はまだ中国に返還されるずっと前だったので、私と妹にとって初めてのパスポートには、イギリス領事館のビザと検疫の予防接種証明が貼られた。

初めての香港は激しい経済格差の中で人々がエネルギッシュに生きるジャングルのような印象だった。夜の繁華街を歩いている時に母は腕時計をすられたし、道端には死んでいるのか生きているのかわからない人が寝そべり、料理店の軒先には潰れた鴨《かも》のローストがすだれのようにぶら下がっていた。

母はもしかすると、勤務地がそれまでのサウジアラビアから香港に移った再婚相手の元夫との復縁を考えていたのかもしれない。結局この街では日々のエネルギーの消耗が酷《ひど》すぎて移住計画は頓挫した。過酷な人生の縮図のような当時の香港を訪れたことで、母は誰かに頼らなくても女として、母親として生きていこうという思いを強く持ったのかもしれない。母の心理はよくわからないが、とにかく元夫との復縁はそれほど重要ではないと判断したようだ。

シングルマザーとして働いていた頃の恋愛

いつからか、シングルマザーなどという小洒落《こじゃれ》た横文字で表現されるようになったが、父親のいない家はかつて「母子家庭」と称され、どこか不幸な家族、という目で見られる傾向があった。一家の経済力は男性が担うものという考え方があたりまえだった時代、母子家庭には、まず裕福な暮らしができない、そして働く母親には本来の役割である子どもの行動を見守ることができないために子どもは横道に逸《そ》れてしまう、というイメージがあったものだった。

確かに私も妹も周りの子どもたちとは同質には育たなかったと思う。ただ、みんなが母子家庭からイメージするような恵まれない環境だったとはまったく思っていなかったし、音楽家として堂々と働く母親が誇らしくもあった。一緒にいる時間は少なくても、母の我々娘たちへの愛情は存分に感じながら育ってきた。そんな実感を味わっていなかったら、私も子どもを産んだ瞬間に11年連れ添った同棲《どうせい》相手と別れる決意などしなかっただろう。

息子を連れてイタリアから帰国した私だったが、息子の父親であるイタリア人の詩人とすっぱり別れられたわけではなく、2年くらいはどうしようか迷った期間もあった。周囲からは「男の子にはやっぱりお父さんが必要よ」などと意見されることもあったが、お父さんがいないわけではない。父親の存在については私がしっかり息子に伝えればいいことであり、息子がお父さんに会いたいと言うのであれば、それはもう私が立ち入ることのできる領域ではない。

私は包み隠さず息子に、お父さんとは11年も一緒に暮らしたこと、妊娠がわかった時には迷ったけれど、大事な人との子どもだから産まなければならないと感じたこと、ただあまりに喧嘩《けんか》が絶えない生活はふたりきりなら許せても小さな子どもの前では繰り広げたくなかったこと、など離別の理由を伝えてきた。「あんたのお父さんがいたから、今の私があるのよ」と。リスペクトや愛情は時として距離によって保たれていく場合もあるのだ。

その後、2~3回養育費やおもちゃを息子のために送ってきた詩人だったが、やはり経済的にまだ安定した状態になかったのか、ふと音信が途絶え、そのしばらく後、別の人と結婚して子どもができていたことがわかった。内心ではホッとした。ようやく、私たちの関係が新しい段階に進んだことを感じたからだ。そして、私は子どもを連れて再びフィレンツェに戻るべきではないかという迷いを、そこではっきりと断ち切り、子育てと仕事への姿勢も解放的になった。

少し時間をおいてから、人を好きになる気持ちのゆとりもできた。その人は文学好きな真言宗の僧侶で、アメリカの大学の仏教研究者を通じて知り合い、密教や文学の話を要に毎日長いメールのやりとりをし、ときどき母や息子とも一緒に会ったり、彼のお寺へ遊びに行くこともあったけれど、実は私の当時の友人も彼に思いを寄せていたので、誰にも打ち明けられずにいたが、そうこうしているうちにその人は地元の女性と結婚した。そして私の気持ちを察していたのか「あなたはお寺に入る女性じゃありません、狭いところにいてはいけない」と言われた。

あの時期は、どういうわけか、既婚者や彼女持ちの男性たちがやたらと私の前にあらわれて、こちらの気持ちを惑わすことがあった。男性に頼らず子育てしながら自活して生きる女は、一緒になることのできない立場をものわかりよく弁《わきま》えてくれそうで、何かと都合がいいと解釈されてしまうからなのだろうか。よくわからないが、だんだん私の中で腑《ふ》に落ちない気持ちが増大し、男性といることが心底面倒になった。

誰かをすすめてこようとする友人や知人には「すみません、私、誰ともつき合いたくないんで」と答えるようになった。

14歳下のベッピーノとの年の差婚

ベッピーノと出会った時の私は、誰かとつき合ったり結婚をすることなど一切念頭にはなかった。母から久々にイタリアに行きたいと言われた時に、マルコじいさんはもうすでに亡くなっていたが、彼の娘家族と仲良くなっていた母は、ときどき彼らと手紙を交わしたりクリスマスプレゼントを贈り合ったりしていた。私が10足の草鞋《わらじ》で飛び回っていたある日、突然母から「もうそろそろイタリアに戻ってみてもいいんじゃない」と提案された時は、正直気が進まなかった。でも、デルスの生まれ故郷である国を見せておく必要は、あるかもしれないという思いも発芽した。

幸い、私がフィレンツェに留学していた頃から、このマルコじいさんの娘家族の家に足繁《しげ》く通っていた母は、私がどんな娘で誰とつき合って何をしていてどんな顚末《てんまつ》に至ったかまで全てを話していてくれた。だから、面倒な前置きは必要ない。いきなり6歳の子どもを連れていっても、根掘り葉掘りプライベートを問いただされないのは楽だった。逆に、私も母からのこの家族の話は再三聞いていた。しゃかりきなマルコの娘と、エンジニアでほとんど家族を顧みない、アスペルガー（昨年、医師より正式にアスペルガーだと診断された）の夫、そして古代ローマの皇帝の名前は全て言えるという齢《よわい》16歳にして大学に入ってしまった変人の息子と、天使のように可愛《かわい》い娘。だから、お互いに顔を合わせた時も別にたいした驚きもなく、昔から知っている者同士のような挨拶を交わすことができた。

マルコの孫であるベッピーノは当時パリに留学している最中だったが、冬休みでイタリアに戻っていた。彼は子どもの頃、異常なほどのレゴブロックのマニアで、わざわざレゴで作った都市を設置しておく部屋まであったと母から聞いていた。部屋こそ片づけられてはいたものの、収納箱にどっさり入ったレゴを見た、同じくレゴ好きのデルスは大興奮し、この14歳年の離れた男子同士が仲良しになった。

かたや私とベッピーノは古代ローマやルネサンスなど歴史の話で盛り上がった。古代ローマおたくの彼にとって、そういった話を熱心にできる女性は初めてだったそうで、楽しくて仕方がなかったのか、食事の時も外出時もそれこそ周りの空気を読まずに延々と歴史の話をし続けた。この人友だちいないだろうな、と思ったらその通りだった。すらりと姿勢の良い長身でイギリス紳士のようなお行儀の良い服を着こなし、明るい髪の毛に青い目の端正な顔立ちだけれど、女性とは縁がなさそうだった。

我々が日本に帰国した後も、郵便受けにほぼ2日おきくらいに分厚い封筒が届くようになった。そこにはまだまだ話しきれなかった歴史の話や、ギリシャの彫刻のコピーが同封されているのだが、そのあり余る熱意を受け取りながら少々不安にもなった。そして案の定、ベッピーノの父親から息子が心筋炎《しんきんえん》という病にかかって入院してしまったという連絡があった。私たちが帰ってからずっと調子が悪く、とうとう朝起き上がってこられなくなったのだという。

数日後、集中治療室から出てきたベッピーノから直接私の携帯電話に連絡があった。もうすっかり平気になったけれど、まだ退院はできないのだという。この頃はまだネット通話など普及していなかったから、お金が心配で長い通話ができない。「心配だね、くれぐれもお大事に」と締めくくろうとした時だった。

「もし、他の人とその予定がないのなら、僕と結婚してもらえないでしょうか」

かつて11年間一緒に暮らした詩人からもプロポーズはされたことがなかったので、この人は何を言っているのかと戸惑ったが、答えが戻ってこない私にベッピーノは「つまり、僕はあなたたちと一緒にいられてとてもエネルギーをもらえた。僕もあなた方の力になりたい。そういう理由で一緒になるのは間違っていますか」と病院の電話越しに提案するベッピーノに、私もなるほど、家族が各人を支え合う共同体だとするなら、別にこういう結婚やこういう家族の形もありだなと単純に思い「いいですよ」と気楽に返事をした。電話を切った後で、デルス、ベッピーノ、私の年の差がそれぞれ14歳であることに気がついた。家族としてありえない年齢構成だが、それがまた面白いなと感じた。

平成14（2002）年、アラビア語を研究するベッピーノの新たな留学先であるエジプトのカイロのイタリア大使館で、結婚式を挙げた。招待客はベッピーノの両親と、ベッピーノを慕うシチリア人でやはりカイロ大学の留学生であるゲイの友だちの計3名。この人は単なるベッピーノの親友だったが、やはり結婚式となると少し寂しかったのか、何度も私のそばに来ては「ベッピーノをよろしく、いじめないでね」と言った。

夫は息子の友だち＆教育パパ

私はまったくと言っていいくらい教育熱心ではなかった。一緒に森や川で生き物を観察したり、私が見にいく映画に連れていったり、レゴで一緒に面白いものを作ったりする、それだけでもういいや、という気持ちだった。

様々な規制は日本の場合、世間がつくり出すものだ。私がガミガミ言わなくても、自分がそうやって育ったように、なんとなく同調圧力で社会で求められる必要最低限度のことは自然に身につけられるだろうという楽観があった。何より、ガミガミ言われるのも言うのも嫌だった。こんな過酷な世の中に生まれてきただけでも大変なのに、家の中でもあれこれ規律を作るのはとてもじゃないが無理だった。興味のタネだけ撒《ま》いておけば、あとは勝手になんとかなるだろうと思っていたからだ。

ベッピーノとの生活が始まった頃、彼はデルスの呑気《のんき》さとおおらかさに驚いていたが、気がついたらいつの間にか息子は自然に勉強する人になっていた。ベッピーノと私がいつも歴史や文学の話ばかりしていることも影響したのかもしれないが、ベッピーノが楽しそうに学術に打ち込んでいる姿に触発されたのかもしれない。

ベッピーノ的には私があまりにいい加減なので、その様子を見ていて「自分に教えられることは教えてあげなければ」という気持ちがあったらしい。とはいえ、「勉強しなさい」とガミガミ言わなくても、ベッピーノが自分の研究内容を面白そうに語ってくれたり、私が安部公房《あべこうぼう》やガルシア・マルケスを読みながらその特異な比喩にゲラゲラ笑っていると、「何がそんなに面白いの？」と、息子は自分から興味を示して自分も読んでみたいとなる。もちろん彼の年齢で読める本ではなかったが、代わりに彼は私の本棚に並んでいた手塚《てづか》治虫《おさむ》を『ブラック・ジャック』から『きりひと讃歌』まで、かたっぱしから読むようになっていった。特に『火の鳥』は彼の心を鷲摑《わしづか》みにし、いまだに彼にとって聖書のような存在らしい。最終的に、デルスがロボット工学の道に進んだのは、そうした手塚治虫作品の影響がある。

「子どもを欲しい」と思ったことがなかった

夫は最初から、「デルスがいるから子どもはいらない」と言っていた。本心でそう思っている様子だったので、ちょっと安心した。というのも、私は基本的に子どもが欲しい人ではない。詩人と11年暮らしていた時も、結婚願望もなければ子どもが欲しい、と思うこともなかった。社会の厳しさと向き合っていた時期だったから、家族を持つことを苦境の解決策と捉えるのは恐ろしい罪を犯すことのようにすら思っていた。だから息子を身ごもった時は産婦人科の先生に「あなたが経済的に困難なこともわかるから、判断は任せる」と言われ、ものすごく真剣に考えた。

ただ、しばらくすると、詩人と暮らしてなぜ11年目に妊娠をしたのか、そのタイミングが気になっていた。これはもしかすると、今までの自分の人生が自分の意思や判断とは違う次元で決められて動いてきたような気がしているのと同じで、この妊娠も受け入れなさいということなんだろうか、などと感じるようになっていった。確かに地獄のような側面を持つこの世の中だけど、人間以外の大気圏内の生き物を見てみると、みな飄々《ひょうひょう》と妙な自我意識に囚《とら》われることなく生きている。生きるってそもそもこういうことなのに、なぜ人間というだけで特別な意識を持ったり、生きる意味を見出さなければならないのか。

私はイタリアに来てまもない頃に学生用の映画館で見た、黒澤明《くろさわあきら》の『デルス・ウザーラ』を思い出した。この作品は、黒澤自身が大きなスランプを経て、当時のソビエトの後ろ盾で作ったものだ。東シベリアのタイガに暮らし、測量技師たちと交流を深める孤高の老狩人デルスの、大自然に包まれて逞《たくま》しく生きる姿が何度も脳裏をよぎるようになった。

キューバの人たちの明るさで否定がプラスに

私が妊娠をしたのはキューバでサトウキビ刈りのボランティアをしていた最中だ。「キューバで妊娠をしてしまいました」とイタリアからハバナのホームステイ先の家族に連絡をすると、長女で私と一番仲が良かったモニカは「キューバの子どもを身ごもったのね！」と大騒ぎをした。いや、お父さんはキューバ人じゃないですよ、と伝えるも「キューバで身ごもったのならキューバの子どもよ！」と電話の向こうでめちゃくちゃ盛り上がっている。私が出産への不安を口にすると、キューバの家族はびっくりしてこう言った。「あんた、見たでしょ、キューバには何もない、食べるものもない。でもここだって子どもは生まれて幸せに暮らしているわよ。大丈夫、子どもはしっかり幸せを自分で見つけていけるようになるから。そんなに困っているんだったらキューバに来てここで一緒に暮らそう!」と、ものすごく楽観的なノリだったが、説得力が強烈だった。確かにお金がまったく意味をなさない世界で人々がそれなりに幸せに生きているのを見たことは大きかった。

そんなある日、家に見知らぬ旅人が訪ねてきた。自分たちの知り合いにはひとりもいないタイプの、真面目なサラリーマン風のおじさんだ。仕事でキューバに行ったという人で、空港で、「あなたイタリア人か?」と声をかけられ、「イタリアに持っていってもらいたいものがある。これをこの住所に届けてほしい。怪しいものじゃない」と、モニカさんという人から託されたという新聞紙の包みを私に手渡した。

新聞紙には昭和に流行《はや》った「モンチッチ」みたいな人形が包まれていた。全身が青くて、ヒンドゥー教の神様みたいだった。でも、親指が立っていて、口に差し込めるようになっているから、完全にモンチッチのバッタもんである。キューバでお世話になった家族からの手紙が入っていて、「ハバナ中探してもこんなものしか見つけられませんでした。でも生まれてくる赤ちゃんへのささやかな贈り物です」。

キューバから届いたその青いモンチッチを手に、ひとり部屋で大泣きをしながら、私は出産への志を大きく変えた。確かに辛《つら》いことがてんこ盛りの人生ではあるが、かけがえのない幸福感というのはこの世に生まれてきた人にしか感じられないことだ。それを体験できる子どもに育てよう、それだけだ。そう決めたらとても気が楽になった。

今思えば若い時にさんざん不条理な経験をしてきたことは私にとってちょっとした財産である。辛さ、屈辱、後悔など人間に備わっているあらゆる感覚を味わえたことはありがたい。自然災害、戦争、感染症、生きていると本当に思い通りにならないことが起こるけれど、それでも過去の人々はそうした困難をうまく乗り越えてきた。私たちが持っている想像力は、そういう時にこそうまく機能させるためにあるのだ。

机の上に置かれた青いモンチッチを眺めつつ、クレイジーキャッツの植木等《うえきひとし》の「そのうちなんとかなるだろう」という一節を脳の中でリフレインさせながら、私は出産の日を迎えたのだった。

家族がいれば問題はセットでついてくる

3年前、ベッピーノの妹が出産をした。出産の3年前に出会った彼氏との間にできた赤ちゃんだが、結婚は考えていないという。イタリアでも最近はこうしたカップルが増えている。

典型的なイタリアのマンマとして息子であるベッピーノを溺愛することに生きる意味を見出していた姑《しゅうとめ》だが、ベッピーノの妹に初孫が生まれた日から、あからさまにベッピーノを意識しなくなっていった。それまで1日に3度も4度も意味もなくかかってきていた電話が途絶え、夫は35歳にして突然予期せぬ孤独感に苛《さいな》まれて苦しむことになった。

デルスはハワイだし、私は母の体調悪化と自分の仕事の忙しさを理由に年の半分は日本で過ごしていたので、夫はその孤独のやり場を失って若干鬱《うつ》のようになった。それどころか、急に子どもがいたら、などという話をするようになったのである。

「しっかりしろよ！」とネット電話で励ましながらも、もしかしたら今私たちの夫婦関係は何気に危機を迎えているのではないか、という実感があった。私はもう50歳を過ぎているし、今の仕事のペースを落としたいとも思わない。それ以前に、孤独感を補うという安直な目的で子どもを産むのは自分的には納得がいかなかった。

「別の人と一緒になりたいんだったら、私はその選択を尊重します」と私は夫にきっぱり言った。私は安定しない日々の展開に慣れている。思いがけないことが起こっても、もう今更慌ただしく動じることもない。それに夫は私より若いし、彼を拘束する筋合いもない。そもそも私と結婚したからといって「一生、私の面倒を見てね」なんて思ったこともない。人生はなるようにしかならないよ、だから情動に流されずに、自分はどうしたいのかしっかり考えなよ、と言うと夫は黙っていた。

イタリアの姑に手紙を書いた

遠隔暮らしはまだ終わりそうにない。私は姑にメールで手紙を書くことにした。あなたは息子が大人になって結婚しても、常に彼のそばには母である自分がいる、という姿勢を崩さなかった。孫が生まれたことでうれしくなるのもわかるし、そちらに気持ちが傾きがちになるのもわかる。ただ、あなたの息子への愛情は、自分を支えるためだけにあるものなのでしょうか。というような内容のメールを送信した。

私への返信はなかったが、その翌日、姑と舅《しゅうと》、妹までもが、夫の家に慌てて飛んできたという。その時、夫は家に押しかけてきた家族を見て、何かが吹っ切れたのだそうだ。家族は孤独という凶暴な感覚を抑え込む要塞のようだと思っていたけれど、確かにそういう機能はあるが、時には要塞の中にいても孤独に苛まれることがあるということを、身をもって知ったのだそうだ。孤独ばかりは、家族ですら補えない場合もある。自分でなんとかするしかないのだと、30代後半にして思い至ったらしい。

親離れした夫がタンゴにはまる

そんなことがあってから、夫は急に趣味を増やした。中でもギターとタンゴは相当はまったらしく、私のところに自分の所属するバンドの演奏写真や、タンゴの写真が送られてくるようになった。タンゴというのは、ソーシャルダンスのタンゴではなく、アルゼンチンタンゴなので、毎晩のようにミロンガという小さなサロンに人が集まって踊る会に参加しているようだ。新型コロナウイルスの影響でタンゴのサロンは真っ先に閉鎖されてしまったが（あれほど密な感染環境もないから）、いずれアルゼンチンに本格的に学びに行きたいなどと言い出している。

最近夫は悩みがあると「デルスのお言葉（デルシスモと称している）」を聞くために電話をかけているらしい。別に仏教に傾倒しているわけではないが、親の成長を見守ってきたデルスは昔からどこか諦観して物事を見ていたし、ここ最近はネパールや東南アジアを彷徨《さまよ》い、肝の据わり方がさらに強化されている。

結婚生活が始まってまもない頃、リスボンの家で夫とたわいもないことで大喧嘩《おおげんか》をして部屋に引きこもってしまったところにデルスがやってきて、私の背中を叩きながら「まぁ、まぁ。彼も一生懸命頑張ってるんだから、見守るしかないよ、なんせまだ25歳なんだからさ」と諭されたものだった。もしかすると親が自らの未熟な面をさらけ出したほうが、子どもはしっかりするものなのかもしれないと、私は自分の過去も顧みながら実感した。

私たちの家族は、一般概念の家族というフォーマットにはまったくあてはまらない。どちらかというと、家族という形をなした共同体だ。何かあればもちろん助け舟は出すけれど、子どもが小さい頃から私たちは世界を転々とし、そして家族それぞれも単独で過ごすことが多かったから、常に一緒にいるとむしろ違和感を覚えてしまう。以前息子がハワイにいた頃は、夏に皆で距離的にちょうどいい日本で集合した。

物理的な結束に依存してしまうと、夫と姑のような顚末にもなりかねない。けれど形而《けいじ》上《じょう》の領域での結束であれば、想像力の補強は必要だが、自分自身もひとりでいることに耐性がついて強くなれる。考えてみたら野生の生き物だって、孤独を自分の力で支えることができるように子どもたちを育てているのだから、そんな教育は人間の世界でも活《い》かされるべきだと感じている。

私が過ごした団地の住民も、それこそ皆帰るべき家はあっても家族に甘えている様子の人たちはあまりいなかった。皆家族に属してはいても、自立していた。家族の物理的結束を何より重んじるイタリア人にしてみれば昭和のあのような世界こそ理解不能かもしれないが、それぞれの独自性を慮《おもんぱか》って成り立つ共同体的な家族環境も悪くはない。

15 幸せは待っているだけでは訪れない

──人生100年時代の老後、終活──

母がハワイで倒れた

海外旅行に異文化の壁と強烈なアウェー感を求める私は、ハワイというメジャーな大観光地に興味を持ったことがなかった。加えて、以前に訪れた母のコメントが「ホノルルは海のある都会。文化が希薄で退屈」という惨憺《さんたん》たるものだったため、南国も孤島も大好きだが、ハワイにだけは一生行くことはないと思い込んでいた。

ところが数年前、アメリカ本土の工科大学に入学するはずだった息子にハワイ大学からの合格通知が届き、夫とふたりで現地視察に訪れたデルスから、そのわずか数時間後に「ハワイは気候が素晴らしいので、こちらの大学に進みます」と電話があった。その時から私のハワイに対する偏見にも変化が芽生え始め、気がついたら足繁《しげ》くハワイへ通うようになっていた。そして、私はある考えに到達した。つまり、ハワイは島という形をした温泉地なのだ。熱海や別府や登別のような、その地域を訪れた人々から全ての緊張感を払拭する力を持った島、それがハワイだと。

私はどんなに忙しくても、ハワイに行く時間を捻出するようになっていたが、ホノルルには母の鵠沼《くげぬま》時代の幼馴染《なじ》みであるJさんが暮らしていることもあり、母も時々同行することがあった。最初は文化が感じられないだの観光客が多すぎるだの文句を言っていた母だが、彼女も孫がその地に暮らすようになってから、ハワイに対する考え方を変えていったようだ。

ところが、平成30（2018）年の秋、私と一緒にハワイを訪れた母に異変が起こった。ホノルル到着後、Jさんの家で母を降ろし、予約してあったホテルに到着するなり、Jさんから「マリちゃん大変、お母さんが倒れちゃった」と連絡があったのである。その後母は地元の病院に救急搬送され、10日間の入院を経て日本へ帰国、そのまま日本の病院でも入院することになってしまった。その後、退院を果たしたものの、ハワイの入院時にも発症していた幻覚の見える症状が悪化し、そうこうしているうちに再び家で倒れているところを私の妹が見つけて病院に運ばれて入院、以来彼女はもう自宅には戻れていない。

母の病

病名はパーキンソン病を併発しているレビー小体型認知症というものだった。しかし、脳のコンディションにはムラがあるので、正常な時の母は自分の脳の異常を不安がった。「私、頭の病気になってしまったのね」と悲しそうに呟《つぶや》くこともあった。

私も最初の頃は、それまで見たこともない母のおかしな言動に激しく戸惑って「お母さん、しっかり思い出す努力をしてみてよ、頑張ってよ」などと無意識にプレッシャーをかけまくって母を追い詰めた。楽器を弾くこともさることながら、あんなに手紙を書くのが好きだったのに、パーキンソン病の症状で手も指も自在に動かないからペンも持てない。入院した後、実家の母の書斎から書き損じた友人宛ての手紙が出てきて、悲しくなった。そしてまもなく、私は自分の態度の大きな間違いにも気がつき、それ以来病院へ行く時はとにかく現実と素直に向き合って、優しく母の病と老化を見守っていこうと決めた。母がかつて、別れた夫の母親であるハルばあさんに対してそうしていたように。

ハルばあさんとの昭和な暮らし

ハルばあさんは、母の再婚相手の母親で妹の祖母にあたる。母は、私の父と死別したのち、建設会社に勤務する建築技師と電撃再婚した。すぐに妹が生まれたのだが、ほぼ同じタイミングで再婚相手はサウジアラビアに転勤となり、それまで別の街でひとり暮らしをしていたハルばあさんが私たちと一緒に生活することになった。樺太《からふと》生まれでシングルマザーだったハルばあさんには他に身寄りがなく、息子まで遠くに行ってしまったので母としても放っておくのが不安だったのだろう。ハルばあさんは私たちとの団地での暮らしを楽しんでいた。

ただ、母は遠隔の夫との結婚生活に違和感を覚えて、まもなく離婚してしまう。詳しいことはわからないが、とにかく母は再びシングルマザーに戻ってしまった。と同時に、ハルばあさんも自主的に家から出ていってしまった。もう親族ではないのだから、これ以上ご厄介にはなれません、というのが理由だった。ハルばあさんの意思なのだからと母も心配しつつもあえて捜すことはしなかったが、しばらくしてハルばあさんから葉書が届き、「またそちらでみなさんと一緒に暮らしたい」というひと言を見つけた母は、ただちに私たちを車に乗せて、80キロほど離れた小都市の小料理屋で住み込みで働いていたハルばあさんを迎えに行った。それから私たちはハルばあさんが病気で入院するまでの数年間を一緒に暮らした。

樺太生まれのハルばあさんは、父親がロシア人で顔の彫りが深く瞳の色が明るく、エキゾチックな顔立ちだった。若くして夫を亡くし、戦後北海道へやってきて札幌の食堂で働きながら、女手ひとつで息子を育てたという経験も母とシンクロするが、そもそも彼女がどういう親から生まれて、樺太でどういう暮らしをしていたのかなど、詳しい素性は母もわかっていなかった。

ただ、ハルばあさんの葬儀にやってきた高齢のふたりの紳士は、引き揚げてきた直後の、飲食店で働いていた彼女を知っていて、「頑張り屋で、子育てのために必死だった。ハルさんの作る料理は相当美味《おい》しかった」と語っていた。ハルさんの数ある得意料理の中でもホタテの炊き込みご飯は本当に美味しくて、母も大ファンだった。

ハイカラ好みの祖父とパンクな私の同居

昭和はこうした高齢者たちが身近にいる暮らしがあたりまえだった。音楽家になることを決めた時点では両親から猛反対されて、実家を半ば勘当同然で飛び出し北海道へ渡った母だったが、私や妹が生まれたことでその関係はいつの間にか改善されていた。私が13歳の頃に祖母が亡くなった後、実家でひとりになってしまった祖父と一緒に暮らすことになった時期があった。

大正時代から昭和初期にかけて、銀行の駐在員として22歳から32歳までアメリカに10年ほど暮らしていた祖父の得志郎《とくしろう》は、帰国後の生活も徹底した欧米式だった。家の中では畳にカーペットを敷いてその上で椅子と机の生活をし、オートミールの朝食を食べ、いきなり英語で話し出す。

その姿勢は老齢になってからも変わらなかったが、近所の銭湯で仲間と囲碁を打つのを楽しみにしていたところなどは、生粋《きっすい》の日本人だった。

同居していた頃、私はバリバリのパンク時代だった。穴だらけの刺々《とげとげ》しい服を着ていると「マリちゃん、今日はずいぶんと面白い格好をしているね」と、皮肉ではなく本当に珍しそうな顔で問いかけてきたりする。

明治生まれなので頑固な気質ではあったけど、日本の外で長く暮らした分だけ、既成概念に囚《とら》われない広い視野の持ち主ではあった。

母の症状と社交性

祖父は96歳で亡くなったが、頭はしっかりしていた。晩年にはときどき過去の記憶が曖昧になることもあったが、暮らしていた大泉学園から石神井公園まで歩いて往復したり、近所づき合いも盛んで、タバコもピースを1日に2箱も吸う時があった。この人はこのまま100歳までいくんじゃないかと誰しも思っていたが、ある日家の中で転んで立ち上がれなくなってから、亡くなるまではあっという間だった。

そんな祖父を見ていたので、私は母もてっきりそんな顛末《てんまつ》の人生を送るものかと思っていたが、そうはいかなかった。

今は新型コロナウイルスの影響で入院中の母とは面会ができていない。年末に会った時には痩せてこそいたが、穏やかで元気そうだった。あんなに猛々《たけだけ》しかった人がこんなに穏やかになるのかと、私の認知症への見解も変わった。もちろん認知症には攻撃的になるものもあるし、私が母の症例を人に話すとラッキーでしたね、などと言われることもある。

内側の柔らかさを屈強な甲冑《かっちゅう》で固めてきた母の場合、認知症はその甲冑を剝《は》ぎ取ったわけだ。今まで我慢していたものが表に攻撃的な形となってあらわれてしまう人もいるかもしれないが、母の場合は逆だったのかもしれない。

入院してからまもなく、夫とお見舞いに行った時は、「あら〜、ベッピーノじゃないの！」と夫を認識できたし、夫が遠くから来たことも把握できて、英語まで喋《しゃべ》っていた。夫は「リョウコのあんな優しそうであどけない顔は初めて見た気がする」と驚き、「こう言ってはなんだけど、認知症になって、やっと今まで着込んでいた戦いの甲冑を脱げたってことなんじゃないか」と、幼い頃から母を知っている身として感慨深かったようだ。

心強い母の言葉が聞けない喪失感

私と母の間には親子でありながら常に距離感があった。母は私を産みはしたけど、母親とはこうあるべきということよりも、音楽家として、人間としてどうあるべきというイデオロギーのほうが優勢な人だったし、私もご近所のお母さんたちと母が同種族の人間だとは思っていなかった。だから、お母さんらしくしてほしい、なんて母に対して思ったことはなかったし、そんな無理難題をただですら忙しい母に押しつける気はなかった。

けれど、病気になった母とそれまでのつき合い方が保てなくなった時、思いがけない喪失感が私を襲った。母とは一緒に暮らした期間も短ければ、海外に暮らしている時も電話で喋ることは本当に稀《まれ》だった。ファックスが普及した頃、手紙を書くのが好きな母からメッセージや新聞の切り抜きが送られてくることはしょっちゅうあったが、実際に声を聞く割合は月に一度くらいだったと思う。電話で親と頻繁にやりとりをしているイタリア人にしてみればありえない関わり方だが、私はその数少ない電話で、その都度、自分の中に溜《た》まっている不安などの消化不良な気持ちを、母のおおらかな対応で解消し続けてきたのだった。面白い本を読んだ時もそうだし、面白い映画を見た時もそうだった。お互いに情報を交換し合って、それぞれの仕事の糧にする。母は私にとって、親子というより表現者仲間であり、他人だったら頓着しないような面倒な案件にも真剣に向き合って一緒に考えてくれる点においては、仲間や友だち以上の関係だった。本当に困った時にだけ助け舟を出してくれるところもそうだ。家族だろうと親友だろうと、人と人との良い関係というのは、相手を真剣に慮《おもんぱか》りつつも依存せずに程よい距離をおいてつき合えるかどうかに尽きるのではないだろうか。

フィレンツェから未婚で産んだ子どもを連れて帰ってきた時、母は驚きつつも「孫の代までは私の責任だ」と腹を括《くく》って、「あなたはこれからが働き盛りなんだから、こっちは気にせずやれそうなことはどんどんやりなさい」と背中を押してくれた、あんなことがさらりと言えるのも彼女が山あり谷ありの経験をしてきたからだ。母は苦いも酸っぱいもしょっぱいも、もちろん甘さも含めて、人間という生き物に備わっているあらゆる感覚を知っていた。どんな状況の中でも人間は生きていけるし、しかも楽しさや喜びを見出すこともできると知っていた。なんだかんだで人生の先輩として、彼女をどこかで頼りにしていたことは確かだ。

老後は好きな動物と暮らしたい

交通事故や病気など何度か死ぬ目にもあってきたので、実はいつも死については考えているし、自分の老後のこともよく考えている。その時にならないとわからないが、とりあえず60歳くらいで漫画という仕事にはいったん区切りをつけて、また油絵に戻りたいと思っているところもあるし、アルプスの麓《ふもと》にあるイタリアの実家の広い敷地で子どもの頃から憧れていた養蜂も手がけてみたい。ミツバチは、今連載している古代ローマの博物学者であるプリニウスも絶賛している生き物だが、彼は古代ローマのミツバチの生態に社会のあり方、軍隊のあり方を学ぶべしと言い切っていた。ミツバチの生態からは本当に学ぶことが多いし、しかも美味しい蜂蜜を生産してくれるのもありがたい。

『プリニウス』には、私の好きな動物（猫、ロバ、カラス）が登場するが、人間にずっと酷使され続けてきたロバを今度は敬う立場として一緒に暮らしてみたいという気持ちもある。要するに、人間の社会とは違うところに自分を置きつつ、一介の大気圏内の生き物として、その他の生き物たちと同じような老後と死を迎えたいと思っている。

息子と語る死生観

デルスとは彼が子どもの頃からしょっちゅう死について話をする。息子を産む時から、実は彼が死を知って生きていくことへの、親としての責任感みたいなものを感じていたからだ。死を恐れ、恐怖のゴールのように捉えて生きていってほしくはなかった。彼が頼りにしている親族はやがていなくなり、もしかするとこれだけたくさんの人間がいる世界の中で、孤立してひとりぼっちになってしまうかもしれない。でも、その他の動物は自らの命や死を特別なものと捉えているわけではなく、この宇宙の中でのあたりまえの現象として受け入れている、それだけは人間の親として子どもに理解してもらうべきことだと思っていた。死は決して不条理な出来事ではないと。

シカゴで一番の親友だったジェイクが音信不通の間に病気で亡くなっていたことをハワイで知った時はかなり動揺して私に電話がかかってきたが、それも静かに時間をかけて自らを納得させていったようだ。大学卒業後に訪れたネパールの川のほとりで火葬を目にしてから思うことがまた増えたらしく、私は彼がいつも何気なく命や死について真剣に考えていることを頼もしいと感じている。

ちなみに私が先に死んだら、その後の処理には特にこだわりはないが、もし旅行がてらというのであれば彼を妊娠したキューバ西端にある「マリア・ラ・ゴルダ」(太ったマリア)

の海にでも灰を撒《ま》いてくれと頼んである。対岸はメキシコのユカタン半島だが、そこはなんと6500万年前に隕石《いんせき》が衝突した場所なのだそうだ。まあそれはどうでもいい話なのだが、自分の肉体の還元先としては面白い。

16

不条理と向き合う生き方

――孤独を味方にしていた昭和漫画の主人公たち――

漫画は社会の不条理を学ぶ教科書だった

子どもの頃に熱心に読んでいた漫画雑誌は『週刊少年チャンピオン』だが、10歳くらいから『花とゆめ』も加わった。周りの女の子たちは『りぼん』や『なかよし』、そして『マーガレット』などを愛読していたが、私は『花とゆめ』に掲載されている、特徴ある絵柄と、どこか文学的なストーリーの漫画にはまっていた。特に三原順《みはらじゅん》さんの『はみだしっ子』や山岸涼子《やまぎしりょうこ》さんの『妖精王』、そして『LaLa』に連載されていた大島弓子《おおしまゆみこ》さんの『綿の国星《わたのくにほし》』がお気に入りだったが、大人気だった美内《みうち》すずえさんの『ガラスの仮面』や和田《わだ》慎二《しんじ》さんの『スケバン刑事《デカ》』など孤高の少女が主人公の作品からも目が離せなかった。

そう、あの時代の漫画の主人公は、大抵、社会の不条理の巻き添えとなった、誰にも守ってもらえない、孤独な少年少女たちなのである。皆まだ子どもであるにもかかわらず、幼い時から理不尽で過酷な社会の実情と向き合わされ、しかも自分が帰属できる家族も組織もない。

他に、今も敬愛する萩尾望都《はぎおもと》さんの作品の中でも大好きだった『トーマの心臓』や『ポーの一族』は、学校や家族という組織に属しながらも、社会にも周囲にも帰属できない人物像を描き出している。外国人でもなければ外国の生活も知らない、孤児でもなく家族もいるのに、少女たちはこうした辛《つら》い目にあう主人公に心を動かされていたのである。

そういった側面で捉えるならば、一条《いちじょう》ゆかりさんの作品も子どもにとっては本当に強烈だった。まだこの世に生まれて10年も経ていない子どもが大人の男女のドロドロの世界を垣間《かいま》見る、あの経験がその後の読者の人格形成と無関係だったとはとても思えない。そうした社会のありさまを子どもが読者であろうと構わずに暴いていたストーリーもさることながら、絵も独創的かつ丁寧で美しく、表現作品としても著しくクオリティが高かった当時のこれらの作品は、あの頃の少女たちにとってもうひとつの大切な教科書としての役割もなしていたのではないだろうか。

私の仕事場の本棚には、昭和30年代から40年代の『りぼん』などの昔の少女漫画雑誌があるが、石ノ森章太郎《いしのもりしょうたろう》さんに赤塚不二夫《あかつかふじお》さん、つのだじろうさんといった、その後大活躍することとなる男性作家が可愛《かわい》らしい女の子の出てくる少女漫画作品を描いて、それらの雑誌に掲載しているのを初めて見た時は驚いた。皆漫画家として生きていくためにはなんでも描いたのだ。そして、彼らによって描かれた少女は、大抵、皆愛する両親と不条理な事情で離別してしまい、継母に育てられたり、児童養護施設で過ごしているか、おじいさんとおばあさんと暮らしているのである。皆それぞれ踏ん張って生きているが、ときどきまだ先の長い人生にくじけそうになっては日々悲しい涙を流しているのである。

私世代の人には、子どもの頃にテレビで放映されていたいくつかのアニメを思い出していただきたい。人魚の女の子を描いた『魔法のマコちゃん』の少女はおじいさんとふたり暮らしだったし、石ノ森章太郎さんの『さるとびエッちゃん』もやはりおじいさんと暮らしている。手塚治虫《てづかおさむ》さんの『ふしぎなメルモ』に至っては孤児になった幼い少女が弟ふたりと一緒に暮らしている。漫画もアニメの世界も、親からの愛情をなかなか受けることのできない孤独な少女たちのオンパレードだった。

孤独を味方にした孤高のヒーロー

こうした孤高の主人公ものはもちろん少女漫画に限らず、ちばてつやさんが描いた『あしたのジョー』にしても、梶原一騎《かじわらいっき》さん原作の『タイガーマスク』にしても、手塚治虫さんの『ブラック・ジャック』にしても、そして私の大好きな水木《みずき》しげるさんの描く『河童《かっぱ》の三平』や『ゲゲゲの鬼太郎』にしても皆どれもこれも拠《よりどころ》のない孤高の主人公だ。川崎《かわさき》のぼるさんの『てんとう虫の歌』も孤高ではないが両親のいない家で生き抜くきょうだいの話だし、『ひみつのアッコちゃん』ですら、船長さんのお父さんとはめったに会うことのできないプチ不条理を背負っている。

人間ではないが、『みなしごハッチ』や『ガンバの冒険』なんて、今思い出しても気鬱《きうつ》になるくらい、人間社会の過酷さを昆虫やネズミの世界として出し惜しみなくシミュレーションした子ども用アニメだった。

戦争経験者である漫画家がたくさん活躍していた時代と捉えれば納得もいくが、あの頃テレビで放送されていたアニメ版の「世界名作劇場」の『アルプスの少女ハイジ』や『フランダースの犬』を例に挙げてみてもわかるように、子どもであり続けることを許されない辛辣《しんらつ》な社会は、19世紀の作家オスカー・ワイルドなどの児童文学の流れをそのまま汲《く》んでいるようにも解釈できる。『おしん』のようなドラマがヒットしたこともそうだが、昭和の人間は不条理を避けようとはせず、むしろ積極的に向き合っていた。

人間の社会は様々な生きづらさで満ちており、そう単純に幸せを摑《つか》むことはできないことを子どもたちも認識していた。それでも一生懸命に毅然《きぜん》と生きていく創作の中の人物に励まされ、憧れる、それがあの時代の漫画の読み方だった。

しかし、私がイタリアに留学している間に、日本の漫画における主人公の潮流は、もう一匹オオカミではなく、孤児の少女でもなく、数人でグループをつくって敵と向き合ったり冒険を繰り広げる、という趣旨のものに変化していた。

こういうグループ主人公ものは石ノ森さんの『サイボーグ００９』や萩尾さんの『11人いる！』といったSFものですでに描かれていたし、どちらも人気を博した作品だが、個性の際立った数人がグループをなす、という形態は黒澤明《くろさわあきら》の『七人の侍』にまで遡れそうだ。『七人の侍』が海外でも評価され、そして現代の日本のグループ主人公の漫画が世界でも読まれているのはなぜなのだろう。日本人に限らず、人間はやはり、ひとりではなくバランスの良い「群れ」を本質的に求めているということなのだろうか。どちらにしても、今はひとりぼっちで生きている（またはおじいさんや犬と暮らしている）少年少女を描いた不条理漫画が読まれるような気配はない。

もっと「人間」という生き物を俯瞰すべし

人間は持ち前の想像力で勝手なイデオロギーを抱こうとする生き物だ。ありのままでは満足がいかず、等身大以上に虚勢を張ろうとして、自分自身に対してこうであってほしいという理想を持ち、懸命に造形する。しかもそのイデオロギーを自分に対してだけではなく、自分の家族、親や子どもや友人、そして恋人にまで抱いてしまい、自分の思い通りになってくれないと怒ったり、恥ずかしがって一緒に行動をしなくなる。芸能人のスキャンダルに人々が大騒ぎするのは、自分たちの思い込もうとしていた人物像と実態がマッチしなかったことへの、動揺のあらわれだ。

例えば私は息子とたまにふたりで旅行に行ったりするが、息子曰《いわ》く周りには「マザコン」だと思われているそうだし、私も友人からは「いい年して子どもとふたりで旅なんて」と思われている節がある。日本が家族よりも社会優先な民族であるのはわかったが、親子だろうとなんだろうと気を使わず気の合う話のできる人間と一緒に行動をとることを、どうしてそう斜めに解釈されなければならないのか、まったく腑《ふ》に落ちない。息子が自分をマザコンだと言った友人に「逆になんで親と旅行に行かないの」と聞いてみたら「周りからあれこれ言われるし、何より親と出かけるなんて、みっともないし、かっこ悪い」というのが答えだったそうだ。なんともはや、人々は自分の家族ですら社会の判断の対象となることに怯《おび》えて過ごさねばならないのだ。

森進一《もりしんいち》さんの歌に「おふくろさん」という名曲があるが、母親に対してシンプルなリスペクトを抱くことができていた時代は、そんなに大昔でもないはずなのに、今自分のおふくろについて人前でしみじみ語れる人がどれだけいるのだろうか。

社会からあれこれ否定的批判の対象にならないよう、スマートに、目立たず、でもふと目に触れた時にはちょっと褒められるくらいのスタイリッシュさが求められる今の世の中は、一見なんとも軽やかなのに、実に生きにくい。

失敗、挫折、みっともなさ、恥、屈辱。悲しみに失意。孤独と疎外感。生まれた時から人間に備わっている、そうした苦い感情の要素をなるべく一生体験せず、ただただ安泰を求めたり、幸せだとか喜びの感情ばかりに反応していると、人間の精神はあるべき機能を鍛えられず、どんどん脆弱《ぜいじゃく》化していくのではないかという不安を覚える。つまり、精神の運動不足をつのらせて、どんどん息苦しい社会をつくっていくことになってしまいかねない。

運動会の徒競走で、1位、2位と順位をつけなくなった学校があるそうだが、そんなことで平等を示唆することに不自然さを感じてならない。努力や頑張りの度合いが決して結果に結びつくわけではないという不条理は、本来こうした非情な順列から学び取るべきはずなのだ。そもそも人間とは優劣をつけずにはいられない性質を備えていて、周りと比較し、競争し、勝った負けたと打ちひしがれることで精神を鍛えていかねばならない生き物だと思っている。なのに最初からそういった感慨と向き合ったり考え込む機会を省いてしまったら、人間は不完全なまま一生を過ごしていかねばならなくなる。

最近、動物の図鑑に同じ哺乳類として「ヒト」というカテゴリーも設けてくれたらいいのに、と思うことがある。どんな特徴で、どんな生き方をしているのか。分布図や性質、特徴を記載してくれると、私たちは自分たちにおごることなく、無為な理想や妄想で頭をいっぱいにすることもなく、余計なストレスや不平不満を溜《た》めずに生きていけるのではないかと思うのだがどうだろう。

昭和の不条理作家　安部公房

私の精神面を育ててくれた師匠のひとりである安部公房《あべこうぼう》の作品は、だいたいどれもこれも不条理である。怒濤《どとう》の戦中戦後を乗り越えてきた人の文学の中でも、これだけ人間を凶暴かつ滑稽に、表層的な皮を剝《は》ぎ取って中身を晒《さら》すような文章を書く人は、他に思い浮かばない。

『砂の女』を皮切りに、私がイタリアでこの人の作品に耽溺《たんでき》したのは、自分の置かれた環境が経済的にも社会的にも尽《ことごと》く理にかなわないことだらけだったからだ。外国人であり、貧乏であり、裏切られまくり、非難されまくり、自分がやっていることに価値を見出せなくなり、生きているのが嫌になり……もうとにかく挙げたらキリがないくらい、怒りをどこへぶつけても浄化されないような出来事で、毎日が満ち満ちていた。若い時にそのような社会の凶暴性に直面し満身創痍《そうい》になりながら体当たりしてきて、人生に対し容易に薔薇《ばら》色な理想を抱かなくなってしまったおかげで、実は漫画がヒットしたり賞をもらったりした時もさほど大喜びはしなかった。というか、できなかった。日本にはずいぶんたくさんの古代ローマ好きがいるもんだな、すごいな、とは思ったが（それも見当違いだったが）懐疑心を持たずに純粋に喜ぶ、という感覚から長い間遠ざかっていたせいかもしれない。

評価されるのはありがたいことだけど、そもそも自分に対してそれほど期待して生きてきているわけではないので、周りがどんなに褒めてくれても、どうもピンとこなかったし、編集長も息子も「どうするんだよ、あんな漫画でこんな賞もらうなんて」と不安がり、同意するしかなかった。

でも、自分に関わりのないことであれば単純にうれしい、喜ばしいと思うことは日々ある。先日、卵から飼育していたにもかかわらず蛹《さなぎ》の段階で死んでしまったと諦めていたエジプトのハナムグリ（甲虫）が、立派な成虫となって、しかもケースから自力で出て私の足元を歩いているのを見た時は、絶叫に近い喜びの声が漏れてしまった。ハナムグリを手に取って、スカラベを崇《あが》めるエジプト人のようにたった1匹で生まれてきたことを労《ねぎら》った。人の評価と関係なく、自分だけにしかわからない喜びが、とにかく心地よい。

反逆的精神を持った人間は必要とされない国

新型コロナウイルスの感染騒ぎが始まってまもなく、世界各国の首脳が国民のために行った演説をあれこれ見ていて思ったのは、日本は人前で自分の考えを自分の言葉として伝える教育が浸透していない国だということだった。この件に関しては様々な方との対談でもやはり同様の話題になったが、西洋では言論や弁証というスキルの高さが指導者に求められる歴史がもう紀元前から始まっているのに対し、日本では基本的に人前で人の目を見ながらまっすぐに自分の思ったことを発言する、ということは推奨されない社会でありながら、西洋式の民主主義のスタイルを導入している。それが違和感の根源だったように感じている。

今回のように目に見えない脅威に対する不安がつのっている時こそ、メルケル首相のように、テレビ画面越しに「あなた」と二人称で激励されたり、慰められたりしたいものだと感じた日本人も少なくないが、日本では残念ながらひとりで堂々と自分流の意見を言ったり、テレビ画面越しに「あなた」などと二人称で語りかけてくる人間は推奨されない。それは日本人の国民性を考慮すればまったく仕方がないことだ。むしろ、人の目を見て喋《しゃべ》る習慣がない国の人間がいきなりそんな態度を取り始めたら、胡散臭《うさんくさ》いだけである。

そういえば日本では、どんな会社であろうと、基本的に従順で上下関係のあり方を身につけている体育会系の人材が重宝されるそうだが、それはつまり裸足に長髪で社長室のテーブルに足を上げて面接を受ける若き日のスティーブ・ジョブズみたいな人間は、日本の企業で雇われることはありえないということになる。ちなみにジョブズはこの会社に雇用されるのだが、そこから見えてくるのは、アメリカという社会には、表面的な仕草や態度を超えたところにある人間性を見抜くことができる審美眼と、厄介な人物を一概には排除しない寛容性が備わっているということである。まあ、その後ジョブズ自身も様々なバッシングを受けて相当へこんだり落ち込んだりもしたようだが、ともあれ彼も孤独を味方につけて苦難を乗り越えてきた一匹オオカミの人である。

昭和というサバンナ　―あとがきにかえて―

昭和という過去をひたすら振り返って、一概にあの時代は良かったね、あの時代がまた戻ってくればいいのに、などと手放しで賞賛したり、短絡的に捉えているわけではまったくない。ウディ・アレン監督の『ミッドナイト・イン・パリ』という映画は、エコール・ド・パリを賞賛する懐古的なアメリカ人の若手ライターが、憧れだったこの時代のパリにタイムスリップするというものだ。主人公はその時代のパリの画壇で引っ張りだこのモデルの女性と恋に落ちるが、彼女はその時代よりも何十年も遡るベル・エポック時代のパリに懐古的で今のパリはもううんざりと思っている。結局どこの時代に行っても人々は「あの時代は良かった」と思いを馳《は》せてしまう性質だということだ。私も昭和については喜んで思い出すけれど、別に再びあの時代に戻りたいなどとは思わない。

ここに記した文章は、あくまで思い出せる範囲での、日本という社会の移り変わりの考察記録である。かつ、特殊な環境で育った私の独特な主観によるものなので、昭和考証のエキスパートからしてみれば異論もあるだろう。

ただ、時代は先に進めばそれだけ人間の歴史もアップデートされ、新しくなっているというわけでは決してないことを、歴史を学んでいると痛感せざるをえないし、そういう意味でもこうした考察は広角で現状を見るのに役に立つ。テクノロジーは進化しても人間の精神面は、おそらくある一定の水準まで達すると、それ以上は伸びないようにできているのかもしれないと思うことがたびたびあるが、そう考えると第二次世界大戦の動乱と混乱を経て、いったんそれまで人間が構築してきた秩序や理想が崩壊し、データがほとんどデフォルトの状態に置かれた日本人には、今よりずっとワイルドで狡猾《こうかつ》なチャレンジ精神が身についていたように思う。

大げさな例えだが、昭和の社会がサバンナという無法地帯だったとしたら、現代の社会はよくできたサファリパークみたいなものだろうか。サファリパークの動物は人間の管理下に置かれているので、食や健康管理も保証されるし、ハンターに射止められることもない。よって動物たちは本来持っているはずの鋭い本能や直感を発揮する機会もなく、やんわりと生きていける。動物たちは人間にしばられているなんて思っていないかもしれないが、知らず知らずのうちに人間に依存しないと生きていけない体質になってしまっている可能性がある。

私にとっての昭和がサバンナだったとすると、そこで培ったエネルギッシュな精神はその後イタリア、シリア、アメリカといったそれぞれまったく要素の違う国々に移り住んできた私の、世の中なんでもあり、という適応力につながったと言っていい。様々な不条理と向き合わされ、孤独に打ちひしがれてもなんとか頑張ってこられたのは、あの時代の人々の暮らしや漫画やテレビなどからタフに生きることの重要性を学習できていたからだろう。

移り変わる時代の中で、ときどき、過去の人々の思想や社会のあり方が現状の問題解決に対しての良いヒントとして活《い》かされるように、昭和にもそういう要素はいくつもあるはずだ。

とりあえず、サファリパークで悠々自適に生きていても、いざという時にサバンナで、自分で自分の命を守っていける本能だけは失いたくない。そのためにも、ときどき昭和のあれこれを思い出すのは、決して悪いことではないと思うのだった。

ヤマザキマリ年表

昭和42	1967	0歳	東京で生まれる。 札幌市民交響楽団の指揮者であった父が他界。 札響のヴィオラ奏者の母とクリスマスイヴに札幌へ戻る。
昭和43	1968	1歳	札幌市内の保育園に入園。
昭和44	1969	2歳	妹が生まれる。
昭和49	1974	7歳	小学校入学。
昭和51	1976	9歳	冬休みに初海外・香港へ。 （母リョウコが香港のオーケストラへ移籍を検討・計画するも頓挫）。

マリ5歳。妹・マヤと「七五三」を祝う。

昭和54　1979　12歳
母リョウコ、千歳市内に家を建てる。

昭和55　1980　13歳
中学校入学。

昭和56　1981　14歳
中学の三者面談で、画家を志望。
母に用事を頼まれ、冬のヨーロッパひとり旅へ。
ドイツ、ベルギー、フランスへ行く。
旅の途中、運命のイタリア人、マルコじいさんに出会う。

昭和58　1983　16歳
高校入学。初めてのアルバイト、ちり紙交換をする。
パンク音楽とパンク・ファッションにはまり、坊主頭に。
パンク系クラブに入り浸る。
アテネ・フランセに通いながら、
お茶の水の名曲喫茶でウェイトレスのアルバイトをして留学資金を貯める。

昭和59　1984　17歳
大検取得を条件に高校を中退。
マルコじいさんの勧めにより、フィレンツェの美術学校に入学。油絵と美術史を学ぶ。

14歳、初めてのヨーロッパひとり旅。空港でおばと。

昭和60　1985　18歳

留学先のフィレンツェで4歳年上のイタリア人の詩人と恋に落ちる。以降、約11年、詩人と同棲。学校に通いながら、絵描きとしての請負仕事や革製品の販売、日本人相手の通訳、個人ガイド、アクセサリーを扱う露天商など職を転々とする。

昭和64 平成元　1989　22歳

日本に一時帰国中、スキー旅行に行く途中で、交通事故にあい重傷を負う。入院中、元号が「平成」に変わる。

平成6　1994　27歳

ボランティア活動をするためにキューバへ。滞在中イタリアから恋人が追いかけてくる。フィレンツェに戻り妊娠に気づく。シングルマザーとして大学病院で息子デルスを出産。

平成8　1996　29歳

講談社の漫画誌『mimi《ミミ》』の新人漫画賞で努力賞に入選し、『彼女のBOSSANOVA《ボサノバ》』（講談社）で漫画家デビュー。漫画家になり、息子とともに日本に帰国。

息子デルスとふたり日本に帰国。

平成12　2000　33歳

札幌郊外に住む。自然に囲まれた過疎小学校に息子デルスが入学。

平成13　2001　34歳

母と、イタリアの故マルコじいさんの娘の家を訪問。マルコじいさんの孫で14歳下のベッピーノに初めて会う。

ベッピーノからプロポーズされる。

●『SPLENDOR《スプレンダー》！有名人』（原作／内館牧子　講談社）

平成14　2002　35歳

エジプト留学中のベッピーノとイタリア大使館で挙式。

ベッピーノの研究に伴い、カイロで新婚生活開始。

数か月後、シリアのダマスカスへ。

ベッピーノが大学を卒業し、日本に一時帰国。

家族3人で再びシリアのダマスカスへ。

平成15　2003　36歳

夫の故郷イタリアのパドヴァに引っ越す。

夫の実家で暮らす嫁のストレスを某サイトで日記として書いたものが好評となり、後に漫画作品になる。

●『心にささやいて』（宙出版）

結婚式の日に渡したベッピーノの肖像画。

イタリア人ベッピーノとエジプト・カイロで結婚。

和暦	西暦	年齢	
平成16	2004	37歳	ポルトガルのリスボンに引っ越す。 昭和の日々を思い出し、『ルミとマヤとその周辺』を描く。
平成17	2005	38歳	●『2050年の私から』（金子勝著　講談社）
平成18	2006	39歳	●『モーレツ！ イタリア家族』（ぶんか社） ●『ルミとマヤとその周辺1』（講談社）
平成19	2007	40歳	●『ルミとマヤとその周辺2』（講談社）
平成20	2008	41歳	『テルマエ・ロマエ』連載が始まる。 ●『それではさっそくBuonapetito!《ボナペティート》』（講談社） ●『ルミとマヤとその周辺3』（講談社） ●『イタリア家族風林火山』（ぶんか社）
平成21	2009	42歳	●『テルマエ・ロマエⅠ』（エンターブレイン）

イタリア・パドヴァの家族と食卓を囲む。

平成22	2010	43歳

●『涼子さんの言うことには』（講談社）

『テルマエ・ロマエ』マンガ大賞2010受賞。
第14回手塚治虫文化賞短編賞を受賞。

●『テルマエ・ロマエⅡ』（エンターブレイン）

●『テルマエ・ロマエⅢ』（エンターブレイン）

●『世界の果てでも漫画描き1キューバ編』（集英社）

●『地球恋愛』（講談社）

●『PIL《ピーアイエル》』（創美社）

●『アラビア猫のゴルム1』（講談社）

●『望遠ニッポン見聞録』（幻冬舎）

平成23	2011	44歳

アメリカのシカゴに引っ越す。

●『テルマエ・ロマエⅣ』（エンターブレイン）

●『世界の果てでも漫画描き2エジプト・シリア編』（集英社）

●『SWEET《スイート》 HOME《ホーム》 CHICAGO《シカゴ》①』（講談社）

左から、マルコじいさん、母リョウコ、姑のアントニア。

平成24　2012　45歳

映画『テルマエ・ロマエ』公開、大ヒット。

●『テルマエ・ロマエV』（エンターブレイン）

●『アラビア猫のゴルム2』（講談社）

●『ヤマザキマリのリスボン日記』（フリースタイル）

●『テルマエ戦記』（エンターブレイン）

●『ジャコモ・フォスカリ1』（創美社）

平成25　2013　46歳

再び夫の故郷イタリアのパドヴァへ引っ越す。
息子デルスはハワイの大学に進学。
『プリニウス』連載が始まる。

●『テルマエ・ロマエVI』（エンターブレイン）

●『世界の果てでも漫画描き3チベット編』（集英社）

●『SWEET《スィート》　HOME《ホーム》　CHICAGO《シカゴ》　②』

●『スティーブ・ジョブズ』（ワルター・アイザックソン原作。講談社）

●『ヤマザキマリのアジアで花咲け！なでしこたち1・2』（メディアファクトリー）

●『男性論　ECCE《エッケ》　HOMO《ホモ》』（文藝春秋新社）

シカゴで仕事に忙殺される日々。

平成26　2014　47歳

映画『テルマエ・ロマエII』公開、大ヒット。

●『とらわれない生き方』（KADOKAWA／メディアファクトリー）

●『SWEET《スイート》 HOME《ホーム》 CHICAGO《シカゴ》 ③』（講談社）

●『プリニウスI』（とり・みき氏との共著。新潮社）

平成27　2015　48歳

●『プリニウスII』（とり・みき氏との共著。新潮社）

●『プリニウスIII』（とり・みき氏との共著。新潮社）

●『とらわれない生き方　母として』（KADOKAWA／メディアファクトリー）

●『その〝グローバル教育〟で大丈夫？』（小島慶子氏との共著。朝日新聞出版）

●『国境のない生き方』（小学館）

●『地球で生きている』（海竜社）

●『ヤマザキマリの偏愛ルネサンス美術論』（集英社）

平成28　2016　49歳

芸術選奨文部科学大臣新人賞（メディア芸術部門）受賞

憧れの人、兼高かおるさんと対談が実現。

平成29　2017　50歳

●『プリニウスⅣ』（とり・みき氏との共著。新潮社）
●『マスラオ礼賛』（幻冬舎）
●『プリニウス完全ガイド』（とり・みき氏との共著。新潮社）
イタリアの星勲章コメンダトーレ章を受章（日本人の漫画家として初）。
●『プリニウスⅤ』（とり・みき氏との共著。新潮社）
●『プリニウスⅥ』（とり・みき氏との共著。新潮社）

平成30　2018　51歳

●『プリニウスⅦ』（とり・みき氏との共著。新潮社）
●『オリンピア・キュクロスⅠ』（集英社）
●『オリンピア・キュクロスⅡ』（集英社）
●『仕事にしばられない生き方』（小学館）

平成31　令和元　2019　52歳

●『ヴィオラ母さん』（文藝春秋社）
●『プリニウスⅧ』（とり・みき氏との共著。新潮社）

2018年、イタリア大使館で行われた星勲章授賞式で漫画家・萩尾望都さん、SF作家・豊田有恒さんと。

令和2
2020
53歳

●『パスタぎらい』（新潮社）
●『オリンピア・キュクロスⅢ』（集英社）
●『プリニウスⅨ』（とり・みき氏との共著。新潮社）
●『地球生まれで旅育ち』（海竜社）
●『オリンピア・キュクロスⅣ』（集英社）
●『パンデミック文明論』（中野信子氏との共著。文藝春秋社）
●『プリニウスⅩ』（とり・みき氏との共著。新潮社）
●『たちどまって考える』（中央公論新社）

新型コロナの影響で日本からイタリアに戻れなくなる。

＊2020年10月発売までの単行本のみを記載（文庫は除く）

とり・みきさん率いる「エゴサーチャーズ」のライブ風景。

ヤマザキマリ

漫画家・文筆家。東京造形大学客員教授。1967年東京生まれ。84年にイタリアに渡り、フィレンツェの国立アカデミア美術学院で美術史・油絵を専攻。比較文学研究者のイタリア人との結婚を機にエジプト、シリア、ポルトガル、アメリカなどの国々に暮らす。2010年『テルマエ・ロマエ』で第3回マンガ大賞受賞、第14回手塚治虫文化賞短編賞受賞。2015年度芸術選奨文部科学大臣新人賞受賞。2017年イタリア共和国星勲章コメンダトーレ受章。著書に『スティーブ・ジョブズ』（ワルター・アイザックソン原作）『プリニウス』（とり・みき氏との共著）『オリンピア・キュクロス』『国境のない生き方』『ヴィオラ母さん』『たちどまって考える』など多数。

編集：瀬島明子

多様性を楽しむ生き方
「昭和」に学ぶ明日を生きるヒント

二〇二〇年 十二月一日 初版第一刷発行

著者 ヤマザキマリ
発行人 金川 浩
発行所 株式会社小学館
〒一〇一-八〇〇一 東京都千代田区一ツ橋二ノ三ノ一
電話 編集：〇三-三二三〇-五一七〇
販売：〇三-五二八一-三五五五
印刷・製本 中央精版印刷株式会社

Printed in Japan ISBN978-4-09-825388-3